社長と秘書の秘めたる執愛

プロローグ

それは、地方の都市開発事業の式典でのこと。ホテルのガーデンパーティの会場で、事件は起きた。

雲ひとつない美しい青空の下、庭園の隅には秋バラが咲き誇るアーチが並んでいる。バラにうっとりと見惚れていて、そこに潜んでいる人影に気が付くのに遅れた、その直後のことだ。

太陽の光を反射した白刃が目の前に迫ってくる。

悠梨（ゆり）は咄嗟（とっさ）に動けなかった。危ない、と声を出すことも。

横から伸びてきた大きな手に手首を掴まれ、引っ張られる。悠梨の身体は、大きな背中に庇（かば）われた。

「社長っ……！」

自身が勤める会社の社長である、砥上（とがみ）の背に守られて、状況はよく見えなかった。

耳をつんざくような悲鳴が上がり、嫌な予感にどっと心臓が大きく跳ねる。

一度は警備員に止められた男だったが、制止を振り切ってふたたび砥上に突き進んでくる。

まるでスローモーションやコマ送りの画像を見ているようだった。心臓が止まりそうになる。

けれど次の瞬間には、砥上は自分の手で男の手首を掴んで取り押さえていた。

「砥上社長、お怪我は⁉」

パーティを主催する取引先の役員が砥上に駆け寄ってきたときには、すでに犯人を警備員に引き渡した後だった。

「ええ、私は問題ありませんが……」

砥上は苦虫を嚙み潰したような顔をしていたが、すぐに悠梨を振り向いた。

「朝羽（あさば）、平気か」

声をかけられた途端、足元がよろめいた。砥上の両手が伸びてきて、悠梨の肩を掴む。その腕に支えられて立っているような状態だった。

「はい、大丈夫で……」

返事をする声がまともに出なかった。小刻みに手が震えているのがわかる。

刃物を持って人が襲ってくるなんて初めての経験で、これが恐怖だと理解する前に身体が震えて力が入らなかった。

「よ、よかったです、社長が、ご無事で……」

会場は騒（ざわ）めいている。ガーデンパーティは間違いなく中止になるだろう。

この後は警察が来て、おそらく聴取などに協力しなければならない。

秘書の悠梨にできることは、この後の砥上のスケジュールを急ぎ調整することと、それから。

頭だけはしっかりと働いている。だが、身体と口が上手く動かない。仕事用のタブレットをバッグから取り出してスケジュールの確認をしようとしたが、手に力が入らず操作が進まない。

震える悠梨の手を、砥上の大きな手が包み込んだ。

「焦らなくていい。まずは落ち着け」

砥上の手の温もりが、悠梨を温める。身体に随分と力が入っていたことに気が付いた。ふるっと身体が大きく震えて、それから徐々におさまってくる。

「大丈夫だ」

もう片方の手で安心させるように悠梨の肩を一度ぐっと掴み、強張りが解けた様子を確認すると、砥上はふたたび主催者と話を始めた。

悠梨も状況を把握するため、深呼吸をしながら砥上たちの会話に聞き入る。どうやら、都市開発の反対派に恨みを買ってしまったらしい。

主催者が事後処理のために離れていくと、砥上は忌々しげに舌打ちをした。

事業の中心となっている建設会社の対応が、地元からの反発に追いつけていなかった。開発事業のため、土地の持ち主ひとりひとりに対し、砥上はしっかりと心を砕いたはずだ。なのに、結局はその人たちから直接恨みを買うのは不動産売買に関わった砥上になる。

「……静観するつもりだったが、そうもいかなくなったな」

「理解が得られなければ、また同じことが起こるかもしれません。社長が直接交渉の場に出られて穏便に進める方が、双方のためかもしれませんね」

反対派にも、それだけの思いがある。もしかすると、砥上や悠梨が把握していた以上に傲慢に抑えつけた部分もあったのかもしれない。

地元の関係者対応を引き受けていた建設会社は、最近代替わりしたばかりのまだ若い社長の陣頭指揮だった。

「これだから二代目のボンボンは。なあ？」

砥上は冗談っぽく笑って、悠梨に同意を求めて来た。

「……社長だってボンボンではないですか？」

「言ったな。俺はそこまでボンボンではないつもりだが」

軽口を叩きながら、少しずつ気持ちが落ち着いてくる。砥上がわざとそうしてくれているのだと、悠梨にはわかった。

薄れていく恐怖の代わりに、トクントクンと刻まれる甘い鼓動。

好きになってはいけない人だ。何より、悠梨は欠片も相手にされる可能性がない。

わかっているのに砥上の人柄に惹かれ続けたこの一年の、これがトドメだと悠梨は自覚してしまった。

悠梨の手の震えがおさまるまで、砥上はずっとその手を握ってくれていた。

第一章　まずは、指先

三年前のことだ。朝羽悠梨は、自分が社長秘書に取り立てられたときのことをよく覚えている。

大学を卒業してから大手不動産会社に就職して、総務課に二年勤め、三年目の春。

秘書室に異動になったばかりのその日、遠目か社内報でしか見たことがなかった紙上社長の前に通された。


以前から、社内の女性社員が社長の姿を見て、まるで芸能人に会ったように騒いでいたのを悠梨は知っている。悠梨自身、社内報の写真を見たときは確かにモデルみたいだと思った。

けれども、相手は社長、しかも日本有数の不動産会社の社長なのだ。それこそ芸能人並みに遠い存在で、当然『かっこいい』と眺める以上の感情は持てるわけがない。

遠くで見かけては眼福、眼福と拝んでいたその人物を、いざ目の前にして悠梨は圧倒された。

まず驚くほどに紙上は背が高い。彫りが深い目鼻立ちと切れ長の目の形に、黒い瞳と黒髪は一見硬く冷たい印象を抱かせる。それを口元に穏やかに浮かぶ笑みが和らげて、優しい雰囲気を漂わせている。柔らかなライトグレーのスーツがよく似合っていた。

社長の横には前任の秘書が立っていて、こちらもすらりと背が高い。眼鏡をかけた綺麗な女性で、赤い口紅が華やかに、それでいて上品に見せていた。幼い顔立ちがコンプレックスの悠梨では、こうはいかない。唇ばかりが目立って見えて恥ずかしく、絶対に使わない色だ。

ふたりの立ち姿は絵に描いたようにバランスが取れていた。花に例えるなら、黒と赤のバラだ。

こんなふたりと雑草のような自分がなぜ、向き合わなければいけないのか。

冷や汗をかきながら背筋を伸ばして立っている悠梨の耳に、心地よい低音ボイスが響く。

「なるほど。適任だ」

「そうでしょう？」

砥上の言葉に、女性が笑いを含みながらも凛とした声で答えた。

「え……あの？」

意味がわからず首を傾げる悠梨を見て、砥上の黒い瞳が細められる。柔らかな微笑みなのに、どことなく意地悪な印象を受け、悠梨はつい眉を顰めてしまった。

——あ。しまった。

正直に感情が顔に出てしまうのは、おそらく秘書としてはいただけない。しかも相手は社長なのだと、気付いて表情を取り繕ったがもう遅い。

咎められることはなかったが、砥上は小さく噴き出した。

「食指が動きそうにない。仕事に集中できそうだ」

一瞬、何を言われたのかわからず、固まった。悠梨の頭の中を、砥上社長の放った言葉が二度、三度とリピートされる。

それから、意味を理解してじわじわと顔が熱くなった。

――ど、どういう意味よーっ？　子供っぽいって言いたいの⁉

握りしめた拳をぷるぷると震わせたが、実際わかりやすく感情を表に出してしまったのは悠梨だから、返す言葉が見つからない。いや、それよりも、だ。

入社して間もない頃に小耳に挟んだ噂を思い出す。女癖が悪いとは聞いていたが、どうやら真実だったようだ。『食指が動くタイプの秘書』では困るということは、そういう意味だろう。

そして仕事に集中できるように選んだ秘書が悠梨ということは、つまり悠梨は社長のタイプではないという意味だ。

なんだそれは。別に手を出されたいなんてことを望んではいないのに、なぜか悔しい。一方的に「残念な女」認定されたような気がする。失礼な。

砥上の隣には、口元を押さえて美しく微笑む赤いバラこと、前任秘書の貝原が立っていた。

モデルのようなスタイルの彼女に比べ、確かに悠梨は小柄で童顔だ。その上、着やせするせいか、多少はある胸もスーツに身を包むとすっかり隠されてしまう。染めてもいない焦げ茶色の髪をひとつにまとめ、前髪を横に流すだけという飾り気のない髪型で、いまだに新入社員か就活中の大学生に見られることがあった。

――彼女とは、仕事に集中できなかったってこと？　こんなフェロモン駄々洩れ美人と比べないでほしい。

ひくっと頬が引きつる。屈辱感と敗北感に同時に打ちひしがれながらも、悠梨は持ち前の反骨精神でどうにか顔を俯かせずに踏みとどまった。

「ご希望に添えますように、業務に邁進させていただく所存です。社長のお人柄が『仕事しか興味のない堅物』と新たな噂になりますように」

——仕事するのに、社長のタイプかどうかは関係ないですよね！

社長を見据えて目でそう訴えつつにっこり笑ったそのとき、砥上の目が少しだけ、面白いものを見つけたかのように輝いた。

怒るか泣いて逃げるとでも思われていたのだろうか。おあいにく様だ。女遊びなんてする暇がないくらい、仕事を詰め込んでやる。

笑顔の裏でそう悪態を吐いているのを知ってか知らずか、砥上は一歩悠梨に近づく。何が可笑しいのか楽しそうに笑って、悠梨に右手を差し出した。

「お手柔らかにお願いするよ」

美しい微笑みにぞくりと背筋を這うものがある。これ以上侮られてなるものかと、どうにかそれは押し隠し、しっかりと砥上の手を握り返した。

それから一か月の引継ぎ期間、悠梨は貝原から仕事を教わり、正式に砥上社長の秘書となった。

貝原の、最後の出勤日。彼女とふたりで取ったランチの場で、悠梨は冗談交じりに初日のことを口にした。自分が選ばれた理由が『社長の食指が動かないタイプだから』というのはいくらなんでもあんまりだ、と。せめて一言、文句くらいは言ってもいいはずだ。

すると、貝原はきょとんと目を見開いたあと、お腹を抱えて笑いだした。

「違うわよ、あれは半分冗談！」

「半分……」

つまり、残り半分は本気だということでは、という突っこみはひとまず呑み込む。

「ちゃんとあなたの能力を見て決めさせてもらったわ。去年、新事業のレセプションパーティがあったでしょう。あのときのあなたの仕事ぶりを見ていたの」

「はい、もちろん覚えてますが……」

悠梨は首を傾げた。パーティでは、その日の会場の料理や飲み物の手配を担当していた。当日ももちろん会場に控えていたが、所詮裏方だ。目立ったことはしていないはずだった。

「細やかに、速やかに、さりげなく、的確な対応を。それができなければ秘書ではないの。あのときの朝羽さん、多少焦りは見えたけど細やかな気遣いがちゃんとできて、しかも出しゃばることなく裏方に徹してた。秘書に向いてると思ったのよ」

貝原の言葉に悠梨はぱちぱちと瞬(まばた)きをしたあと、徐々に綻(ほころ)ぶ唇を咄嗟(とっさ)に噛みしめた。

気付いてくれる人がいたことが、嬉しかった。

本当に大変な一日だった。初めての経験だったのに、招待客の中に重い食物アレルギーの者がいたり、手配していたものが事故で遅れたりと突発事項が複数あり、その場で即座に対応を考えなければいけないことが続いた。

頭の中はパニックに陥(おちい)りながらも、どうにかそれは顔には出さずにいられたはずだ。その場を乗り切ったときは心の底からホッとしたのだが……その出来事が、今回の抜擢(ばってき)に関わっていたとはまったく気付いてなかった。

自分の仕事ぶりを誰かが、ましてや社長秘書が見ていたとは思いもよらなかったし、それどころか、直属の上司からも労い（ねぎら）の言葉もなかったのだ。

「……恐れ入ります」

気恥ずかしい気持ちで目礼する。

「ですが、それだけで選んでいただけたというのも何か……理由が弱い気もするんですが」

「まあね。ほかにも候補はいたけれど……資質の問題よ。教えたらある程度誰にもできることと、そうでないことがあるのよ」

「そうなんでしょうか……頑張りますが、もちろん」

悠梨にはいまいち実感が湧かないことだったが、つまり貝原の目から見て秘書としての資質があると判断された、ということだ。

それならば、自分はできることを精一杯やるしかない。それに、社長のタイプではないからという理由だけで抜擢（ばってき）されたわけではないということが知れたのはよかった。

「後はお願いね。分刻みのスケジュール管理の上、色々と手のかかる人だけれど……上司として信頼できる人よ」

そう言って話を締めくくる気配だったのだが、貝原は思い出したように追加事項を口にする。

「あ、あと、あの見た目だけれど、くれぐれも職場恋愛なんて夢は見ないように。上司と部下で恋愛なんて、面倒くさいことしか待ってないから」

「ご心配なく、ありえません」

いや本当に、ありえない。わざわざそんな忠告があるくらいだ、前例でもあったのかもしれないが悠梨には不要だ。あんな失礼な初対面で恋になど発展するものか。

「そうかしら」と貝原は意味ありげに笑う。悠梨は「そうです」と少々ムキになって返事をした。

自分が『社長の食指が動かない』タイプであるなら、悠梨にしたって社長は決して好きな男性のタイプには当たらない。

自分は真面目に仕事がしたい、それだけだ。社長の好みの女性である必要はまったくない。仕事で認めさせればいいのだと、反骨精神に火が点いたのだった。


そして三年が経過した現在。二十七歳になってもいまだ童顔の悠梨は、当初の誓いどおり社長の毒牙にかかることなく、固く貞操を守っている。もちろん、狙われてすらいないのだが。

コンコンとドアをノックする。この向こうは、砥上の自宅の寝室だ。

「社長、起きてください。社長！」

十センチほどの隙間だけドアを開けると、砥上の微かな唸り声が聞こえた。

「あと一時間半で会議の時間です。早く身支度を整えてください」

声だけかけて中には入らず、キッチンでコーヒーメーカーにスイッチを入れる。その間に砥上は顔を洗いスーツに着替えてから、リビングに入ってくる。

朝が弱い砥上のために、起こしに来たついでに朝食を準備するのがすっかり日課になっていた。

ダイニングテーブルの上には、サンドイッチの包みを置いてある。悠梨がここに来る途中に、パン屋で買っておいたものだ。ブラックコーヒーを注いだカップをその横に並べたところで、砥上の少し掠れた低い声を聞く。

「おはよう」

髪を整え、ぴしっとスーツを着こなした砥上がダイニングに姿を見せた。装いには隙がないが、まだ眠いのだろう。だるそうに眉根を寄せ、片手でゆったりと前髪をかきあげるさまは、壮絶に色っぽい。

「おはようございます。もうあまり時間がありませんので、お早く」

「ああ、わかってる。今日の予定は？」

くあ、と欠伸（あくび）を噛み殺して砥上は目尻に涙を滲（にじ）ませる。仕事モードにまだ入りきれない彼の素顔は、ちょいちょいと悠梨の母性本能を刺激するのだが……三年も経てば素知らぬフリをするのも上手くなった。

いつもの場所に座った社長に一礼する。テーブルの隅に置いていた仕事用のタブレットを手に取ると、今日一日のスケジュールと連絡事項を順に読み上げていった。

最初は、秘書といえどもここまで踏み込んではいなかった。朝、自宅まで起こしに行くなんていくらなんでも秘書の仕事ではないはずだ。

しかし、放っておくと砥上は会社に顔を出すのがいつもスケジュールギリギリで、顔色も悪い。寝不足が慢性化して朝起きるのが極端に苦手らしい。

深夜に時差のある海外の取引先と、電話連絡やネット会議に対応しているためだ。もちろん、それだけが理由でもないだろうと悠梨は思っているが。

過密スケジュールの合間を縫ってその時々の恋人と逢瀬(おうせ)はしているようだったが、悠梨が朝に起こしに来て女性と鉢合わせたことは今のところない。

最初、砥上の寝不足は女性と遊んでばかりいるからだと思い込んでいた。秘書として独り立ちしてすぐに気が付いたけれど、まだよく知らないうちは偉そうなことを言ってしまっていた。

『夜遊んでばかりいないでちゃんと寝てください！　お仕事で疲れているんですから！』

『朝羽は知らないのかな。肌で癒されることもあるんだよ？』

『セクハラで訴えますよ』

このときに、砥上がちゃんと教えてくれたらよかったのに。

いや、秘書なんだからもっと早く気付くべきだったのか、と後悔した。

朝出勤すると、前日は保留だった案件が動き出していたり、社長の裁可待ちが減っていたりすることが続き、それで砥上が自宅で仕事をしていることに気付いた。秘書として引継ぎを終えてからひと月も経過してしまっていた頃だった。

夜遊びしているのだと誤解していた申し訳なさで、情けない顔をして謝る悠梨に、砥上が言った。

『だったら、君が起こしに来てくれない？』

意地悪な顔をするでもなく、軽く笑って流すような軽口だったが、それは落ち込む悠梨を気遣ったものだと伝わってくる。

『かしこまりました』

一も二もなく頷いた。本当は冗談のつもりだったのか、砥上はぽかんと驚いた顔をしていたが。

昼間の仕事量を知っている悠梨からしたら、笑いごとではない。過労で倒れられては困るのだ。本当なら、夜は早めに帰って寝る、これが一番だ。しかし砥上の立場上、そうはいかないことが多い。

朝の寝起き問題をサポートしつつ、こまめに休息できるようわざと予定の合間に微妙なインターバルを置き、休める場所がないときはホテルを手配するなどして、休息時間を作るようにした。以降、悠梨にとって最重要事項は、砥上の目の下のクマが少しでも改善されているかどうか、これに尽きるようになる。

「……今日の予定は以上です。変更なしでよろしいですか？」

「ああ、それでいい」

連絡事項を伝え終えると、タブレットをバッグにしまった。砥上はサンドイッチを平らげ、コーヒーカップを口元に運び香りを楽しんでいる。

「社長、あと十五分ですよ」

「十五分もある。君も少し座ってコーヒーでも飲まないか。就業時間外の、しかも自宅でこんな風にひとり座っていると、暴君にでもなったような気になる」

「……あながち間違ってもいないと思いますが。たまに独裁的ですよね？」

「独裁と暴君は違うし、聞き捨てならないな。俺はそんなに横暴か？」

軽口を叩いてから、お言葉に甘えて悠梨はキッチンに向かった。自分のコーヒーを淹れて戻り、砥上の向かいの椅子に着く。

沈黙の中、ほんの少しの居心地の悪さに広々としたリビングルームを見回す。ベランダの幅いっぱいにある大きな窓からは、秋らしく薄い色の青空が広がっていた。

テレビもつけない静かな朝。この時間を砥上と一緒に過ごすのは、自分にとってはちょっとしたご褒美のようなものだ。

コーヒーカップを持ち上げ口を付けると、さりげなく砥上へ視線を向ける。無表情だと冷たく見えるほどに整った顔立ちに、つい見惚れてしまう。

砥上は今年で三十二歳になるが、世界中の大企業と渡り合う堂々とした様は、同年代の男性とは比べられないほどの存在感があった。

社会に出て働き出してからまだ数年、しかも男性への免疫があまりない悠梨が、敬意から憧れへと感情を変化させていくには十分な要素が、彼には備わっている。

その上、砥上は悠梨がまだ慣れない頃、それとわからないようにいつも手助けしてくれた。取引先への対応など、さりげなくヒントを会話の中に織り交ぜて、だ。

最初は膨大な仕事量についていくのに必死になるばかりで、まったくわかっていなかった。気付いてしまえば、仕事のできない自分の不甲斐なさで頭がいっぱいになる。気遣いの細やかさ、さりげなさを買われて砥上の秘書に取り立てられたはずなのに、これでは逆だ。砥上に気遣われることで、教えられている。

落ち込む悠梨にまたさりげなく、言葉をくれたのも三年前の砥上だった。

『人というのは、自分に余裕があるからこそ、心配りや優しさを他人に向けられるもんだ。無理があれば互いに苦しい』

『……はい？』

仕事を終えて執務室から退室する前に、砥上から突然振られた会話だった。最初は意味がわからず戸惑ったが、続いた言葉にはっとした。

『最初は余裕がなくて当たり前だ。無理するよりはじっくり仕事に慣れてくれた方が助かる』

気付かれている。焦っていることにも、落ち込んでいることにも。

――この人には、かなわない。

そう思うと、すっと肩の力が抜けた。

『社長は気遣ってくださるじゃないですか』

つい拗ねた口調になる悠梨を、砥上は軽く笑ってあしらう。

『俺は余裕があるからな』

――本当に、かなわない。

どこまでも頼りになる上司に白旗を上げた。同時に、ぎゅっと胸の奥を掴まれたような、正体不明の感情に襲われる。

息苦しくて、心の奥が温かい、この感情はなんだろう、深く考えようとすれば嫌な予感がした。

――その予感が的中したと確信したのは、二年前だったか。いや、トドメを刺されたと言うべきかもしれない。地方の都市開発事業の式典で、砥上が刃物を持った男に襲われた。

あのとき、犯人の目は真直ぐ砥上を向いていたのに、彼は咄嗟に悠梨を背中に庇った。

結局砥上も怪我ひとつなく済んだのだが、その夜は事件で時間が押したからと、夜通し執務室に閉じ込められて仕事をさせられ、疲れ切ったところをソファで寝かされた。その間、砥上も同じ執務室で、起きて仕事をこなしてくれていたのだが。

事件直後のことだ、犯人はすぐに取り押さえられたものの、夜、ひとりになるのが怖かった。自分にではなかったとはいえ、刃物を向けられたのだ。

砥上は悠梨が怯えていることをわかっていたから、敢えて徹夜してずっと傍にいてくれたのだ。

その後、事件の原因となった反対派への対応に砥上自らが立った。さすがに、犯人を無罪放免というわけにはいかなかったが、こちらにも非があることを認めたうえで誠意を示した。景観を損ねないようにするといった開発面での条件を定め、完成するまで逐一報告すること、新しい土地でのサポートなどを申し出て解決へと導く。

砥上の人情味のある対応と語り口調は鮮やかなもので、険しい表情を浮かべていた人たちも気が付けば溜飲を下げ、その言葉に聞き入った。その背中を見つめて、零れた熱い吐息に観念した。

憧れと、尊敬と、それに確かに混じる恋慕。

落ちるべくして、落ちた恋だった。

おまけに毎日その有能ぶりを見せつけられたら、もう他の男性に目を向けられるわけもない。

かといって、悠梨が砥上から見て恋愛対象外なのは最初からわかりきっていること。決して知られないよう隠すよりほか何もできず、それを今も継続中だ。

何しろ最初に貝原からガツンと太い釘を刺されているのだ、砥上を好きになってはいけないと。

『社長の食指が動かないタイプ』を秘書に宛がったのは、そういうことだ。

大体砥上は無駄に色気を振りまき過ぎだ。八つ当たり気味にそんなことを思いながらも、表情は平静を保つ。三年で身につけた技だ。このおかげで業務に支障をきたさずに済んでいる。

いっそ結婚でもしてくれたら諦めがつくだろうに、彼は恋人を作ってもそれ以上進展する様子はないまま別れてしまうのが常だった。

ため息を呑み込み、そっと砥上から視線を外した。気持ちを隠して横顔をこっそり見つめるこの時間を、どれだけ大事に思っているか砥上は気付きもしないだろう。でもそれでいい。気付かれれば、こうして朝、起こしに来ることもできなくなる。いや、秘書ですらいられなくなってしまう。

「社長、そろそろお時間です。間に合わなくなりますよ」

悠梨は腕時計で時間を確認し、腰を上げる。砥上はまだ怠そうに椅子に座ったまま軽く伸びをした。

「本当に、朝羽は固いな。ちょっと遅れるくらいの方が、社員のみんなが伸び伸び発言できて喜ばれるんだが」

朝の砥上はいつもこんな様子だが、会社に入れば一分の隙もない立ち居振る舞いになるのだから、さすがといったところだ。

「何を言ってるんですか、社員に示しがつきません。ほら早くしてください」

急かすようにコーヒーカップを片付ける。キッチンの流し台で水洗いして食洗機に入れていると、しみじみとした口調で砥上が言った。

「朝羽はいい嫁さんになりそうだ」

悠梨の胸はちくりと痛む。その痛みを、打ち消すように悠梨は笑った。

「社長もご結婚されたらいかがですか。そうしたら私の仕事も楽になります」

というより、社長が結婚してくれない限り、悠梨にはできそうもない。本当に、早く相手を決めて結婚して自分にとどめを刺していただきたい。しかしそんな思い空しく、当の本人にはまるきりその気がないようだ。

「結婚、ね。考えたこともないな。相手もいないし」

ひょいっと肩を竦めた様子に、酷い人だと呆れた。それなら、今付き合っている黒髪ロングの女性はいったい、彼にとってなんだというのだろう。

「考えてください、ぜひとも……。お待たせしました。先にオフィスに降りますね」

水道のコックを下げて水を止めた。これ以上、この話を続けたくはなかった。

砥上ホールディングスは、日本を代表する大手不動産会社だ。不動産経営を土台に、リゾートや都市開発など海外まで手広く事業を展開している。本社は四十階建ての高層ビルで、一階から三階まではショッピングセンターとレストランフロア、四階から九階までが企業向けのテナントとなっており、十階から十三階までが砥上ホールディングスのオフィスフロアになる。十四階から最上階までは高級賃貸マンションとなっていて、このビルそのものが砥上のものだ。

砥上ホールディングス社長、砥上一矢はそのマンションの一室を自分の部屋にしていた。つまり出勤にはエレベーターを降りるだけ、という便利さだ。

悠梨はもちろん、別のマンションを借りている。毎朝出勤前にエレベーターでオフィスの階を通り過ぎて砥上の部屋に行き、彼を起こしてから先にオフィスに降りる。わざわざ時間をずらして先に出るのは、他の社員のあらぬ誤解を招かないためだ。

砥上は国内から海外まで出張が多い。それにも、よほど必要がない限り同行はしないようにしている。周囲の誤解を避けることはもちろん、自分自身を戒めるためにも、適切な距離感を保つ努力をしていた。

本当は、毎朝砥上を起こしに行くのも控えた方がいいのだろう。悠梨もわかってはいるのだが、砥上がすっかりそれに慣れていて、いまさら放置もできない。そうしてずるずると月日だけが過ぎてしまった。


今日も分刻みのスケジュールをこなし、休憩は移動の車中、最後は取引先ＣＥＯとの会食というハードな一日が終わる。

社長付きの運転手が、このまままっすぐ帰社でいいのかと尋ねてきたので悠梨は「お願いします」と答えた。間もなく車はごくごくわずかな振動と共に走り出す。

「お疲れ様でした」

後部シートで隣に座る砥上に向けて軽く目礼すると、背中をふかふかのシートに預けた。いつもは最初の一杯ぐらいしか飲まないのだが、今夜は相手が連れてきていた男性秘書に、グラスの半分も減らないうちから酒を注がれて断りづらく、飲まされ続けてしまったのだ。

ため息を吐くと自分の息からアルコールの匂いがして、少し気分が悪い。

すると突然、横の髪を擽られたような感覚があった。

「大丈夫か？」

「え……」

「いつもより随分飲まされていただろう」

首を傾げて隣を見た。眉を顰めた砥上が、横髪を掬い上げて心配そうに悠梨の顔を覗き込んでいる。思っていたより近い場所に砥上の顔があって、悠梨の思考回路はフリーズした。

「朝羽？」

「……だ、大丈夫です。問題、ありません」

ゆっくりとした口調で、どうにか答える。心臓はとくとくと弾むように早鐘を打っていた。

――び、びっくりした……不意打ちは勘弁して。

悠梨の体調を気遣って顔色を見ているのだろうが、近すぎる。余計に具合が悪くなりそうだ。好きな男性のドアップが予告なく目の前にくれば、誰だって心拍数がおかしくなる。

「本当に？　ああいうときは、ちょっと苦しそうな顔でもして見せればいい。そうしたら俺も助け船を出しやすい」

「そんなわけにはいきません。大事な取引先なんですから」

「だからって無理に飲まされる必要はないと言ってる」

「平気です、本当に」

だから早く離れてほしい。そう気持ちを込めて微笑んで見せる。悠梨はアルコールが顔に出にくい質だ。そのおかげで本当になんともないように見えたのだろう。

頑なな悠梨の態度に若干呆れたような表情を見せながらも、砥上はようやく離れて正面を向き座りなおす。悠梨はほっと緊張を解くと、ぼそっと砥上に呟かれた。

「意固地だな」

「何かおっしゃいました？」

「いいや。……朝羽は、顔に似合わず案外飲めるんだな」

「童顔だからということでしたら、これでも二十七です。社会人六年目です。お酒の付き合いくらいできます」

どうせまた、色気がないだの子供っぽいだのと言われるのだ。悠梨もふいっと正面を向いて視線を逸らした。

二十代も後半に差し掛かれば、少しは落ち着いた大人の女性に見られるようになるだろうと思ったら、残念ながらこの三年、童顔は変わらなかった。砥上に限らず、からかわれるのには慣れている。

「たくさん飲むようには見えないと言いたいだけなんだが」

「色気がないだの堅物だのお子様だの、散々言われてきたものでつい」

おかげ様で、砥上に近づきたい女性たちからは『あなたが秘書でよかった』と安心される始末。

仕事の邪魔をされなくて助かるが、非常に複雑だ。

心の中でこっそり拗ねていると、くっくっと喉を鳴らすような声が聞こえて、ふたたび隣に視線を向ける。砥上が肩を揺らして笑っていた。

「堅物には同意だな。男の気配もない。たまには息抜きくらい……」

「仕事が忙しくて遊ぶ余裕もないんです！」

本当に余計なお世話だ。仕事をしていれば砥上の側にいられるし、最初に比べて今は彼の助けに多少なりともなっているはず。

それに、その仕事が忙しいのは返せば砥上が忙しいせいだ。男の気配がないのは好きになってしまった人物が砥上だからだ。それなのにその本人に男の心配をされたものだから、腹が立ってついうっかり口を滑らしてしまった。

「それに、好きな人くらい、いますから！」

言い切ってから、しまったと後悔した。慌てて口を閉ざして俯く。

まさか自分のことだとは思わないだろうが……またからかわれる材料を提供してしまった。

しかし、あるはずの砥上の反応がない。笑い声も聞こえない。

そっと顔を上げてみると、砥上はこれ以上ないほど驚いた顔をして悠梨を凝視していた。

「なんですか、その顔。私だって人並みに恋愛くらいします」

酷い。あんまりだ。砥上に恋愛すらしない女だと思われてる。

腹が立つのと恥ずかしいのとで、悠梨の顔が真っ赤に染まった。呆けた顔をしている砥上を睨み、口を真一文字に結ぶ。彼氏がいると言ったわけでもないのに、ここまで意外そうな顔をされるとは。

さすがの悠梨もムッとして唇を尖らせた。

「それは知らなかったな……誰だろう？」

「言うわけありません」

「ということは俺が知っている男かな」

「だから、言いませんてば」

よほど意外だったのか、砥上はやけに食いついてくる。悠梨は少しでも距離を取るように、お尻を横にずらしてドアへと身体を寄せた。

砥上の表情が、驚きから意地悪そうな笑みに変わる。とてつもなく、嫌な予感がした。

「もう、いいじゃないですか。それより、明日のスケジュールですが」

「明日のことは明日に聞く。それより、少し付き合わないか」

「は？」

ぴょんと会話が飛んだような気がして、間抜けな声と顔を隣に向けた。何に付き合えと言うのか。

砥上がひじ掛けに片腕を載せ、首を傾げて悠梨を見つめる。その仕草がまた男の色香を空気に滲ませていた。

「飲みに行こう。俺は少し飲み足りないくらいだった」

「え、い、今からですか？」

絶対、これ、からかう気満々だ。

「それほど遅くならない。最上階のバーがあるだろう」

「え、えええ……」

最上階のバーといえば、砥上のオフィスビルの最上階にあるバーのことだ。確かにどうせ一度はオフィスに戻るつもりだったため、他の店に誘われるよりは時間もかからなくていい。しかし、これ以上この話を深追いされると、ボロが出る。それが問題だ。

「プライベートで飲まれるなら、彼女に連絡されたらいいじゃないですか」

好きな男に他の女性を誘えと促すしかない自分の恋心が、少し情けない。普通に誘われたなら、コソコソ喜びながらも秘書の顔をして、素直に受け入れられたのに。今の状況からだと間違いなく話題は悠梨の『好きな男』に限定されてしまう。それは絶対に、避けなければ。

砥上の今の恋人は付き合って半年ほどじゃなかっただろうか、と悠梨は記憶している。黒髪ロングの綺麗な人だ。一度砥上を訪ねて来て、会社の近くで悠梨も会ったことがある。年は悠梨とそう変わらないだろうが、落ち着いた雰囲気の女性だった。

いつもそうだ。砥上の恋人は、髪型や顔立ちは様々だが、淑(しと)やかな大人然とした女性ばかり。そういえば背も高い人が多いだろうか。どこまでも悠梨とは正反対のタイプばかりだ。つまり、そういう女性なら食指が動くってことだろう。

ツキンと胸が痛む。しかし、今回もまた、長くは続かなかったらしいと砥上の返事で知った。

「別れたよ。半月ほど前かな。だから、残念ながら今は誘える相手がいないんだ」

「えっ、そうなんですか。……それは寂しいですね」

砥上が振られるのはいつものことだ。女性からすれば、結婚を望まない砥上の態度から将来が見えずに不安になるのだろうと大方の予想はついた。

もっと言えば、砥上自身が、女性の方から離れていくように仕向けているのではないかと悠梨は疑っている。

いつも通り様子の変わらない砥上に安堵して、それから自己嫌悪した。だからか、素っ気ない声しか出なかった。

「もう少し同情してくれないか、振られたんだ」

「傷ついているようにはお見受けしませんでしたので」

ちらりと砥上の横顔を確認すると、薄っすらと口元に笑みを浮かべている。むしろ、彼女は大丈夫なのかと、そちらの方が心配だ。

「飲めるならたまには付き合え。傷心男の愚痴くらい聞いてくれてもいいだろう？」

「振られて愚痴なんかおっしゃったことありました？」

いつだって、別れても憔悴することなく、こちらが気付かないくらい自然に仕事を熟しているくせに。

本当は愚痴を言いたいのではなくて、悠梨に吐かせたいに決まっている。好きな男が誰なのか。

横目で砥上を睨んだが、やはり楽しそうな表情を変えない。今夜の酒の相手は悠梨、と彼の中では決定事項なのだろう。

「……わかりました、少しでしたら」

こういう表情のときの砥上は、何を言っても聞かない。それをよくわかっている悠梨は、がっくりと項垂(うなだ)れる。酔ってはいないと平気なフリをした手前、逆に断ることもしづらくなって仕方なく頷いた。


このバーに客として訪れたのは、悠梨は初めてだった。至急の伝達事項があり、すでに退社してここで飲んでいた砥上を追って、足を踏み入れたことは何度かある。そのときには、彼の隣には自分ではない女性がいたわけだが。

「すごい眺め……！」

壁一面がガラス窓になっており、夜景がずっと遠くまで広がっている。今宵は天気がいい。少し欠けた白い月が正面にあり、自分が月と同じくらい高い場所にいるような錯覚に陥(おちい)ってしまう。

「初めて来たわけじゃないだろう？」

「こんな風に客席に座ったのは初めてです」

バーカウンターではなく、窓に向かって据えられたゆったりと幅広いソファに座っている。ふたり掛けなのだろうが、砥上とふたりで座っても圧迫を感じない程度の空間はとれるくらいの余裕があった。

窓との間に膝より少し上の高さのローテーブルがあり、そこに淡いピンク色のカクテルが置かれている。砥上の手には洋酒のロックグラスがあり、揺らすたびにカランと氷が音を立てていた。

とても、様になっている。砥上を時々盗み見しつつ、悠梨は正面の夜景に見惚れるフリをしていた。どうしてこんな状況になったのだろう、と緊張に震える手を膝の上で握りしめながら。

てっきりバーカウンターに座るのかと思っていたのだ。それならバーテンダーも近くにいるからこんなに緊張することもなかったのに、どうしてテーブル席なのだ。

カウンターと違い、隣の席とも距離がある。話し声は多少聞こえるが、店内にはクラシック音楽が流れていて、会話の内容まではははっきりとはわからない。雰囲気として、まるで恋人同士がふたりきりの時間を楽しむような空間だった。

「で。今回は一体どうやって振られたんです？」

先手必勝とばかりに砥上の失恋話を切り出した。ついでにこの妙に色気のある雰囲気も振り払えることを祈って。

「ん？」

「結婚を迫られて冷たく接したりしたんでしょう」

大会社の御曹司でこの容姿だ。一度恋人として手に入れたなら、なんとしてでも結婚まで持ち込みたい、そう恋人が願っても致し方ないだろうと思う。

「冷たくしたつもりはなかった。結婚をほのめかされたから、その気はないと言った。納得してくれていたと思っていたんだが……そうではなかったようだな」

砥上が弱ったように顎を片手で撫でる。

「やっぱり結婚してほしいって？」

「いや、ほかに好きな男ができたと言われた。その男と結婚するらしい」

なるほど、だから砥上は振られたと表現したのだろうが、悠梨からすればそうは思えなかった。

彼女はきっと、砥上に止めてもらうことを期待したのだろう。賭けに出たのだ。

砥上は、それにどう対応したのだろう。そこはかとなく嫌な予感はしたが、仮にも半年付き合った女性からの三行半（みくだりはん）だ。普通なら少しは慌てるところだが……

「で、彼女になんて言ったんです？」

おそるおそる尋ねる。

もしかすると、一見そうは見えないが実は応えているのかもしれない。だから珍しく悠梨を飲みになど誘ったのだろうか。恋人に去られて落ち込むような、人間味のある一面を見てみたい気もする。しかしその反面、他の女性のことで傷つくところは見たくないとも思う、複雑な心境だ。しかし返事は、大方悠梨の予想通りだった。

「結婚式にはうちの会場を使うか、と聞いたら殴られた」

砥上の自社ビルには、結婚披露宴などに使えるイベント会場もある。どうやら、そこを使って式を挙げるかと聞いたらしい。

悠梨は半目で砥上を見る。彼はひょいっと肩を竦（すく）めてから、グラスに口を付けた。やはり見た通り大して弱っていないらしい。黒髪ロングの彼女への同情が生まれた。

「殴られて当たり前ですね」

頭痛を覚えて、額に手を当てた。予想はついていたものの、これは酷い。せいぜい『お幸せに』とかその程度だろうと思っていたのに。

「そうか？　何かと融通してやれるんじゃないかと思っただけなんだが」

「ですから、そういうところがですね……」

祝いがわりにとでも言いたいのだろうが、違うのだ。彼女は止めて欲しかったのだ！

説教してやりたいところだが、そのことに気が付かない人ではないと悠梨は思う。彼はもしかして、わざとそんなことを言ったのだろうか。

穏やかな微笑みを浮かべた横顔からは、何も窺えなかった。グラスを手にゆったりとソファの背もたれに身を預ける。スーツを少しも着崩さないままだが、足を組んで居住まいを崩しているところに、彼が仕事中よりも少しばかり気を緩めていることが見て取れた。表情も若干、柔らかい。

いつもよりも余計なことを言ってみてもいいような気がした。

「彼女はきっと、社長の気持ちを試したんですよ？　わかっているんですよね？」

そう言うと、窓の方を見ていた砥上の目線が悠梨に向けられた。次の答えがあるまでのほんのわずかな間、視線が絡まった。とくん、とひとつ胸が高鳴る。それを始まりに、心臓が徐々に鼓動を速めた。

「そうかな、気付かなかった」

「嘘ですよ」

「そうだとしても心が動かなかったから仕方がない。それに結婚はしないと俺は最初から言っている。不実なことはしていないつもりだけどな」

確かに、それはそうらしいのだが。これまで付き合ってきた恋人たちとはいずれも、最初から結婚はしないという前提であったらしいし、悠梨が把握している限りではふたり以上同時進行ということもなかった。

いやしかし、それを誠実ととらえていいのだろうか。唸りながら悠梨は正直に言った。

「何が、とは上手く口では言えないのですが、腑に落ちません……」

「そうか？」

眉根を寄せる悠梨を、砥上はくすくすと笑いながら見つめる。見られている、と感じるたびにさっきから胸の鼓動がうるさくて、息苦しくなる。

だから、微妙に目線を逸らしていた。まっすぐ顔を見るのではなくて、少し耳の近くを見てみたり、視線を落としてネクタイの模様を睨んでみたり。

「大体、どうして社長は結婚しないんですか」

選び放題、引く手数多（あまた）の優良物件がいつまでも独り身だから、泣く女性が増えるのだ。やはり彼は、さっさと誰かひとりを決めるべきだ。

「結婚したいと思う人に出会ったら、すると思うよ」

「え、そうなんですか」

意外だった。彼は、結婚はしないと決めているわけではないらしい。

「そうだが？　絶対結婚はしないと言ったことがあったか？」

「いえ……あれ？　でも、そう宣言してから付き合っているんですよね？」

「最初に宣言しておいた方が無難だからな。何度かごねられてね、凝りてる」

「ただの予防線ってことですか？　そのうち、もしかしたらその気になることも？」

「どうだろう……そもそもその気になることがあるのか、想像がつかないな」

お酒のせいだろうか。悠梨の突っこんだ質問に、砥上も意外と素直に答えてくれる。

結婚する気になるかどうか、出会った相手次第ということか。じゃあ、とっくに出会って恋愛対象外の認定をされている自分には、とうてい無理な話ということか。

そのことに気が付いて、ずずんと気分が落ち込んだ。とっくに諦めているから早く結婚してほしいなんて思っていたが、どうやらほんのちょっとまだ望みを持っていたらしい。それがたったいま、砕かれてしまった。

やけ気味に、グラスをぐいっとひと息に呷(あお)る。

「朝羽は結構いける口なんだな」

すぐに砥上が店員を呼び、新しいカクテルをオーダーしてくれた。

さすがにこれ以上は、明日に差し支える。勢いに任せてグラスを空けてしまったが、後は新しくきたカクテルをちびちびと飲んで時間を稼ぐことにした。

ピンク色の可愛らしいカクテルの名は、『ピンクレディ』だ。あまり飲んだことのないカクテルは、ほんの少しだけ自分を可愛らしく演出してくれる気がした。

「さて、俺は白状したが」

カクテルに見惚れていた悠梨は、顔を上げるとびくっと肩が跳ねた。にっこりとこちらを見て笑う砥上に、嫌な予感がしたのだ。

「朝羽は、その男と結婚するつもりでいるのか」

「は？　なんの話ですか？」

視線を宙に彷徨わせて惚けてみるが、もちろんそれで逃がしてはもらえない。

「好きな男がいるんだろう。結婚を考えるくらいの相手なのか」

その男はあなたですよ。

そう言ってやりたい。しかし、もちろん言えるわけもない。玉砕してその後の関係がぎくしゃくしては、仕事がやりにくくなるのだから。

「違います。私のことはいいんです、そもそも付き合ってもいないんですから！」

「そうなのか。どうしてだ？　気持ちを伝えればいいだろう」

――ああ、もう、そんなグイグイ来ないでってば。

砥上にはまるきり悪気はないのだが、本人に告白を勧められるこの状況は、悠梨にとって情けないやら惨めやら、腹が立つやら、だ。なんだか泣きたくもなってくる。

「そんな簡単な話じゃないですから」

「ああ、告白する前に周囲を固めているということか」

「……社長は私をどういう人間だと思っているんです？」

なんでそういう発想になるのか。そういう人間だと思われているのだろうか？

がっくりと肩を落とし脱力する。

やっぱり、失敗だった。社長とこの手の話をするのは、ダメージ必至だ。

好きな男がいるなどと、口を滑らせたりするんじゃなかった。

「朝羽が、というか女性はとかく、そういう画策をする生き物だ」

「一体どんな経験してきたんですか。そんな、裏でこそこそする人間ばかりじゃありませんから」

呆れてそう言ったが、砥上は納得しかねる顔をしている。

砥上の持つ社会的地位や資産が、そういう女性ばかり引き寄せたのかもしれないが、その経験から実は砥上は女性不信なのだろうか。本人も気付かない程度の。

「……まあ、そうだな。朝羽は確かに、そんなイメージではないな」

「そう言っていただけましたら嬉しいです。そういう女性もいますので、社長も諦めずに婚活でもしてみてください」

よし、上手い具合に話を終わらせた。そう悠梨は思ったが、残念ながら簡単には逃がしてはもらえない。

「今は朝羽の話だろう。それなら告白しないのは何か理由があるのか。社内の男か？」

「好きだからって、そんなほいほい告白できませんよ！　失敗したらとか色々悩むものでしょう？」

砥上にはそんな恐怖は縁がないのかもしれない。けれど普通は、告白というのは失敗したあとのリスクが付いてくる。

それだけ勇気がいることなのに、砥上には理解できないようだ。

「失敗……振られるということか？　相手に好きな女でもいない限り、朝羽なら大丈夫だと思うが」

「根拠のないことを言わないでください、もう」

「朝羽はいい女の部類に入る。仕事もできるし、性格も穏やかで誠実だ」

突然の褒め言葉だった。だからはじめ、その言葉の意味が頭に入ってこなくて、数秒ぽかんと砥上を見つめていた。

それから徐々に意味を理解して、顔が熱く火照っていく。少しおさまりかけていた心臓が、また忙しなく動き出した。

「な……な、何言って」

「大抵の男ならＯＫすると思うが」

「しゃ、社長は私のこと馬鹿にしてたじゃないですか！」

それは、社長の秘書に決まった日のことだ。『食指が動きそうにない』と言われた。狼狽えて、また余計なことを言ってしまった。これでは、傷ついてましたと言っているようなものだ。

はっと口元を押さえたが、砥上は眉根を寄せて首を傾げた。

「馬鹿にした？　俺が？」

まさか、覚えていないらしい。

「なんでもないです、忘れてください」

「いいや、これは放置できない。覚えはないが本当なら謝罪したいし、誤解なら解くべきだ」

突然、砥上の表情が真剣なものになった。グラスをテーブルに置いて、少しだけ悠梨に上半身を乗り出すようにして、表情を窺いにくる。

「大丈夫ですから、本当に！」

赤くなった顔を背けて隠しながら言い返すが、砥上は放置できない問題だと考えたようで、引く様子がない。

いやです、言いたくない、いいや聞かせてくれ、と言い合って、折れざるを得なくなったのは悠梨の方だった。

「社長の好みのタイプじゃないから、私を秘書に選んだって言ったじゃないですか！」

食指が動きそうにない、という言葉は生々しくて使えなかった。やけくそのようにそう言って、悠梨は砥上を睨みつける。

本当にこの人は酷いし無神経だし、もうなぜ好きになったのか、悠梨は自分でもよくわからなくなってしまった。

砥上は驚いたように目を見開いたあと、不思議そうに首を傾げる。

「俺の好みのタイプだけがいい女の条件ではないと思うが」

タイプじゃないけど、いい女だとは思ってくれているらしい。それなら少し嬉しいような……でも、好きな男が砥上なのだから結局希望はない。

喜んでいいのか悪いのか。

「どんな男だ？　会社の人間なら」

「普通の人です、ごく普通の！　お願いですから、仲を取り持とうとか言い出さないでくださいね！」

もうしつこい。どうしてこんなに食いついてくるのか。

泣きそうになりながらも砥上の追及をスルーして、カクテルに手を伸ばす。ちびちび飲んでいるうちに少し温（ぬる）くなってしまった。

「しかし放ってはおけないだろう。可愛い部下の相手になる男なら……」

あなたは私の恋愛を管理するつもりですか、自分の起きる時間も管理できないのに⁉

「放っておいてくださって結構です、かまう方がおかしいですから！」

「真面目な朝羽のことだ、変な男を相手にはしないと思うが……」

砥上はどうやら本当に心配しているようだが、『あなたのことです』と今すぐ目の前の男を指さしてやりたい。

うっかり涙目になってしまうぎりぎりで、唇を噛みしめた。ふたたび強く睨みつけると、一瞬砥上が目を見張る。

その表情を不思議に思ったが、それよりも今は羞恥心と滲（にじ）み始める涙を堪えることの方が忙しかった。

「相手は普通の人ですが！　選ぶ女性が社長の好みと似通っているので、私では望みがないんです！」

だからもう、この話はおしまいにしてください！

そう目に込めていたのだが、砥上の表情は時間が止まったように動かなかった。こくりと息を呑んだ気配さえする。

「社長？」

首を傾げると、今気が付いたように表情が動いた。

「ああ、いや。ついむきになってしまった。朝羽にまさか好きな男がいるなんて想像すらしてなくて」

「酷いですからね、それ」

悠梨に迫ってきていた上半身がようやく離れ、ほっとする。またソファの背にもたれた砥上は、もういつもの表情に戻っていた。

それにしても、そんなにも男っ気がないと思われていたのだろうか。間違ってないがあきらかにそう見えるのだろうか。だとすればショックだが、よくよく考えなくてもすべて砥上のせいなのだ。

身近にいる砥上が、極上すぎるから。さっさと諦めて他の恋をしようにも、仕事が忙しすぎてそんな時間もまったくない。

「私だって諦めてさっさと婚活でもしたいですよ」

元凶にいいようにからかわれ、すっかり拗ねてしまった悠梨はつっけんどんに言い放つ。すると砥上は意外そうに目を見開いた。

「諦める？　何もしないうちから？」

「だって無理ですし」

「わからないだろう。似通っているといっても所詮見た目のことじゃないのか？」

「えー……っと、はい、まあ」

返事のしにくい質問をされて、言葉を濁す。

砥上の過去の女性のことなので、似通っているも何もないのだが。

これまで見たことのある砥上の元恋人たちは、外見や醸し出す雰囲気に共通点がある。しっとりと濃密な色気の漂う、洗練された女性。髪は長い人が多い。

「外見のイメージは似せていくことはできるだろう」

「いや、そんな、無理ですって」

「外見なんてとっかかりだ。ようはきっかけがそれでつかめれば、後は内面だろう。そこからは朝羽次第だろうが」

反論する言葉が出ない。なかなかいいことを言ってくれる……と思ったが、その女性をたくさん振ってきた砥上自身が言っているところが微妙だ。

彼は悠梨から少し距離を取るようにひじ掛けに凭れかかり、悠梨の顔から足元まで視線を巡らせる。案外、真剣な目で。

「まあ、確かに背の高さはヒールで多少誤魔化すしかないが」

言われなくても知っている。社長の好みは長身美女、自分は平均より低い。

「あんまり高いヒールなんて仕事にならないので履きませんよ」

「ああ、それもそうか。いや、肩が華奢だし全体がほっそりしているからか、実際の身長よりは高く見える。別に悪くない」

砥上の視線に晒されて、じわじわと汗が滲み始めた。

——どうして、こうなった。なぜ今、砥上の基準で女としての判定を受けているのだろう。しかも架空の好きな男のために。

「雰囲気がどうにも幼いのが難点か」

「余計なお世話ですっ！　もうやめてくださいいいぃぃ」

社長の馬鹿。意地悪、無神経。女たらし！

頭の中で思いつく限りの悪態を並べて、ちびちび飲むはずだったカクテルをまた一気に飲んでしまった。

その後、何かと会話の隙をついては悠梨の好きな男のことについて聞きたがるのを全部無視して、ようやくバーを出ることになった。

そこでなぜか、砥上がいつもとは違う行動に出る。

タクシーで帰るだけなのに、家に着くまで同乗して送ると言い出したのだ。仕事で遅くなっても、会食で酒が入っているときでも今までこんなことはなかった。

危ないからタクシーで、と言うだけだったのに。

「本当に大丈夫ですから」

「いいから。ほら」

タクシーに乗り込む際、うしろの腰の辺りに大きな手が添えられ、まるでエスコートでもされているようだった。

——何か、いつもと扱いが違う。

訝しく思いながらも、促されるままタクシーに乗る。砥上も後に続いた。本当に家まで送るつもりらしい。

もうタクシーは走り出してしまったのだから、仕方がない。腕時計を見ると、もう十一時になろうとしていた。

バーで、話しすぎてしまった。

少しでも休んでいただいて、明日も元気に働いてもらう、それが悠梨の最優先事項だ。なのに秘書をからかって遊ぶという無意味な時間を持たせてしまうとは。

思わず深々とついたため息を砥上が拾った。

「疲れたか?」

「疲れているのは社長です。少しでも休んでいただきたかったのに」

「朝羽はそればかりだな」

砥上は呆れたような笑い声をあげた。

「それが私の仕事です。社長は大事なお身体なんですからね」

もちろん、そればかりではないが。大抵のことにおいて優秀な彼は、特に人の助けを必要とすることがない。だから寝起きのサポートと睡眠不足をなくすことが最重要なのだ。事業で大事な局面を、彼は人に任せることをしないから。

いざというときに、彼が身体の心配をすることなく仕事に赴けるように。本当なら、健康管理もしたいところだが、ただの秘書がそんなことをすればその時々の恋人がきっといい顔をしないだろう。

時間にして十五分ほど走ったところで、タクシーが止まった。悠梨の住むマンションの、すぐ目の前だった。

秘書になって、少しでも会社に近い場所にと思い、引っ越したのがこのマンションだ。十階建てのマンションはまだ築浅で外観も内装も小ぎれいで住みやすい。土地価格が高い地域なので、単身者用の1LDKだが家賃も結構高い。基本給が上がったのでどうにか払えている。

タクシーの運転手に待つように言い、砥上が先に降りた。続いて悠梨が降りようとすると、ふいに目の前に砥上の手が差し出された。

「え……?」

驚いて顔を上げると、目の前に腰を屈めた砥上がいる。

「あ、あの……」

「ほら、早く」

外灯に照らされる怖いほどに整った微笑みは、夜空に輝く月のように見えた。圧倒されて素直にその手に自分の手を重ねてしまう。

「あ、ありがとうございます」

手を引かれてタクシーを降り立ったその後も、手はなぜか離れなかった。

「あの、今日はすみません。送っていただいてしまって」

もう三年も一緒に働いて、傍にいることには慣れているはずなのに。今は彼をどうしても直視できず、俯いて視界から外した。

触れている手が汗ばんできて、恥ずかしい。けれど自分からその手を引っ込めることもできず、困っていた。

「今夜は飲ませ過ぎてしまったが、大丈夫か？」

「平気ですよ。明日もちゃんと起こしに伺います。寝坊して遅れるなんて無様なことは致しません」

すました声でそう言うと、悠梨の頭上でふっと息が零れるような音がした。笑ったのだ、とつい何気なく顔を上げた、そのときだった。

「感謝しているよ、毎朝」

きゅっと指先に力が込められた。自分の手が持ち上がり、変わらず微笑を浮かべたままの砥上の口元に寄せられるのを見る。

「ありがとう。君がいなければ俺は朝も起きられず、会社はとっくに傾いているかもしれない」

そう嘯きながら、悠梨の指先に砥上の唇が触れた。触れた瞬間、わずかに砥上の唇が動いて悠梨の指先を擽っていた。

まるで、映画のワンシーンのようだ。悠梨は、声を出すこともできなかった。

指先へのキスの間、閉じられた彼の瞼を縁取る睫毛を見つめていた。すると不意に開いて視線が絡み、悠梨は息を呑む。

「いつも俺のことばかりだが、君もちゃんと休みなさい」

その言葉と同時に、頰に温かな手が触れて肩が跳ねた。親指がついと目の下を撫でる。それが砥上のもう片方の手だと気付いたときには、すぐに離れていってしまった。

「じゃあ、おやすみ」

捕まっていた手も解放されて、砥上はふたたびタクシーへ乗り込んだ。

お疲れ様でした、と頭を下げて見送らなければいけないところだ。けれど悠梨はぽうっとしたままどうすることもできず、我に返ったのはタクシーのテールランプが見えなくなってからだった。息を詰めていたことにも今気が付いて、大きく息を吸う。

「なっ……な……」

——一体、何が、起こったの……！

アルコールに多少酔っていたのもあって、余計なことを言ってしまったという自覚は十分にある。

しかし、ちょっと好きな男がいると口を滑らせただけで、あんなに食いついてくるとは思わないではないか。質問攻めにあって辛くなって、だからあんなことを言ってしまったのだが。

『好きな男と砥上の、女性のタイプが似ている』

……本当に、くだらないことを言ってしまった。


「朝羽は、どうしていつもパンツスーツなんだ？」

砥上の執務室は二部屋続きだ。入口側の部屋に悠梨専用のデスクがあり、ここを通らなければ奥の砥上のいる部屋には行けないようになっている。

裁可の済んだ書類を受け取り、自分のデスクに戻ろうと会釈したときだった。突然そんなことを言われて、頭を下げた状態のまま眉を寄せた。

……パンツスーツでは、何かまずかった？　けれど今日は特別な業務もない。午後からも服装を特定するような会食やパーティがあるわけでもないし。

「動きやすいですし。この方が好きなんですが……何か問題でしょうか」

何か理由があるのかもしれない。そう思い、顔を上げて尋ねたが返事はやっぱり仕事には無関係だった。

「朝羽はスカートが似合うと思う」

意味がわからない。

「何を言っているんですか、突然……仕事に戻ります」

仕事が忙しすぎて、集中力がなくなっているのだろうか。息抜きする時間を、どこかで取っていただく方がいいかもしれない。

そう考えながら背を向けて、元の部屋に戻る寸前、また声をかけられた。

「スカートの方が好きなんだ」

「それに合わせろというならセクハラです。労務に相談しますよ」

呆れて振り向くと、砥上は意味ありげに笑っているだけだった。

一体、どういうつもりだろう。

自分のデスクの前まで来て、そこではたと昨夜のことを思い出した。

「……まさか。自分の好みを私に教えようとしているの？」

馬鹿にしている。

腹立ちまぎれに勢いよく書類をデスクの上に載せ、椅子に腰を落ち着けると仕事を再開する。

砥上は元々人を楽しそうにからかうことはある。昨夜の別れ際の、指先のキスなどまさにそうだろう。が、こんなにしつこいことはない。

「そんなに、私に好きな人がいることが印象強かったのかな」

昨日の話など、一晩たったら忘れていると思っていた。

※※※

その内仕事の忙しさに紛れて忘れるだろう。そう思っていたのに、その予想は外れた。

基本は、いつもの砥上だ。業務を悠梨が組んだスケジュール通りに淡々とそつなくこなす。だが、一日の業務をほぼ終えたときだった。

「社長、もうじきホテル東都（とうと）グランデの高柳（たかやなぎ）様が来られる予定ですが」

「ああ、ここで少し話を詰めて、その後は出かける」

「でしたら、それまで待機しております」

高柳は、砥上の個人的な友人でもある。仕事の話が終われば、ふたりで飲みにでも行くのだろう。いつものことだ。

お茶の用意をして、ふたりがここを出るまでを見送れば、悠梨は退社という流れか。

「食事に出られるのでしたら、どこか押さえておきますが」

多分そうなるだろうなと、砥上の名前を出せばすぐに予約できる店をいくつかピックアップしてある。

「……そうだな。朝羽は、今日は？　夜は予定があるのか」

「はい？　いえ、帰るだけですが」

なぜそんなことを？　という疑問は、すぐに晴れた。

「では三席、予約を頼む」と、砥上が言ったからだ。

「……え。私も同行ですか？」

「用はないんだろう。別に接待しろとは言わない」

「そんなわけにはいかないですよ、高柳様に失礼じゃないですか」

「構わない、気にするような男じゃないしな。朝羽は食事だけして先に帰ればいい。後は勝手にする」

正直言うと、昨日の夜は遅かったのだから今日は早く帰りたい。

しかし本当に、隣で食事するだけでいいと言うのなら。いや、ここは社交辞令と受け取って辞退するのが好ましい、けれど。

「店も、朝羽の好きなところでいい」

ここで、ぴくっと悠梨は反応してしまった。

「……本当に？　いいんですか？」

「ああ」

「食べたら帰りますよ？　失礼のないようにタイミングは見ますが」

「それでいい」

悠梨の心が揺れたのを察して、砥上がにやりと笑う。なぜ急に誘ってきたのか悠梨にはわからないが、美味しい食事だけ食べて帰れるならラッキーだ。

砥上が使う店は、どの店も超一級品の味だ。緊張する会食などでなく純粋に食事を楽しめるのは嬉しい。

「じゃ、銀座の鶯月にします」

「ははっ、遠慮がないな」

「あの店なら間違いないじゃないですか。高柳様のお好みとも合いますし、私も大好きです」

「ああ、そこでいい」

スマートフォンのアドレス帳で店の電話番号を探していると、視界が少しだけ陰る。そういえば、今の砥上の声はすぐ近くのように聞こえた。

手元から顔を上げる。すると、すぐ傍に彼は立っていた。

「社長？」

距離が近いことは、特別珍しいことではない。三年も秘書をしていれば、日常の中で肩や腕が触れたり、資料を覗き込むのに顔を近づけたりすることもある。

だけどこの距離感は『おかしい』と感じた。いつもと違う。砥上の目は、真直ぐに悠梨の目を見おろしていた。近すぎて、背の高い彼を大きく首を動かして見上げる。

「あの？」

なぜか昨夜の、指先へのキスを思い出した。平静を装おうとしたが、上手くいかない。頬が少し強張っていた。

砥上の手が上がり、悠梨の髪の先に触れた。ミディアムロングのサイドの髪を、ハーフアップに結んである。耳のうしろから鎖骨へと垂らされた髪を一房、くるりと指に引っ掛けた。

「髪は、アップにまとめている方が好きかもしれない」

「え……あ、すみません、見苦しいでしょうか」

清潔感があるように髪型には気を使っているつもりだったが、まとめた方が秘書としての印象がよいのだろうか。

「いや。悪くはないが、結い上げるのも似合いそうだということだ」

また、砥上の『好み』だ。

かあっと身体が熱くなる。これほど近ければ当然砥上にもわかるだろう、目に見えて顔が赤くなるのが。

「もう！　朝といい、いいかげんからかうのはやめてください。昨夜は酔って要らないことを話してしまい、すみませんでした！」

くるりと背を向けると、砥上の指から髪はすり抜ける。そのまま砥上の方を見ることなく、悠梨は執務室から逃げ出した。

「もう！　もう！　こんなにからかわれるなら、対象外のままでいいんだけど！　ほんっとうに余計なこと言うんじゃなかった！」

羞恥心が限界突破して、怒りに到達した。まだ顔の火照りがおさまらないまま、役員フロアの廊下を早足で歩き、エレベーターまでたどり着くと、びしびしびしと下行きのボタンを押した。計三回。何度押しても早く来ることはないが、苛立ち紛れの行動だ。

それで少しだけ気が済んで、深呼吸をしてエレベーターが来るのを待つ。もうじき、高柳の来社に合わせてロビーまで迎えに降りるつもりだった。勢いに任せて出てきたので、少し早いかもしれないが、顔の熱を冷ますのにはちょうどよいだろう。

それにしても、砥上は一体自分をどうしたいのだ。恋を諦めようとしている悠梨に同情して、自分の好みを悠梨に教えようとしているのだろうか。

多分、間違いない。当たらずとも遠からずだろう。

勘弁してほしい。同情されたいわけではない。そんなことをするくらいなら、とっとと結婚してほしい、切実に。

そうしたらきっと諦めもついて、自分は次に好きな人が現れるまで仕事に専念できるのに。

深々とため息が出たところで、エレベーターが到着した。

ホテル東都グランデは、超一流ホテルである。日本だけでなく世界中の観光地や主要都市にあり、五つ星を掲げている。日本でとりわけ高い評価を受けているのは、レストランフロアだった。和食、洋食、中華、どのレストランも三つ星を得ている。

悠梨も、人生で一度は泊まってみたいホテルだ。

高柳は、そのホテル東都グランデの総支配人を務めている。砥上と同年の三十二歳。その若さで総支配人を務めているのは、ホテル東都グランデの経営会社の御曹司だからだ。

イケメンだが、砥上よりはいくらか愛嬌のある顔立ちをしている。そう見えるのは、柔らかそうな髪質と髪色と少々軽薄な口調のせいだろうか。

ロビーに降りて、化粧室で顔の火照りをどうにか収めてから、鴬月に連絡して個室を押さえた。

その後、高柳の到着をエレベーター近くで待機する。時間を少し過ぎたところで、高柳がロビー前の受付を通過してくるのが見えた。すぐさま、上行きのボタンを押した。

「お待ちしておりました。高柳様」

「こっちが勝手に来るって言ったんだし、出迎えなんていいのに。一矢は?」

「執務室におります。ご案内いたします」

ポン、と軽やかな音のすぐ後に、エレベーターの扉が開いた。ふたりで乗り込むと役員フロアの階を押す。

「久しぶりだね。相変わらずちっちゃいね、可愛い」

「ご無沙汰しております。一応褒め言葉として受け取っておきます。高柳様は、しばらく海外におられたそうで」

「そうそう、あっちはやっぱ飯がまずいわー」

ネクタイの結び目を緩めながら顔を歪めて話す高柳に、くすくすと苦笑いする。

年配の方からは疎まれそうな軽薄な雰囲気だが、悠梨は親しみが持てて嫌いではない。仕事の方もなかなかのやり手だと砥上から聞いていた。

「今日のお食事は鴬月を押さえてありますので。楽しみにしていてくださいね」

にこりと笑ってそう言うと、高柳がふと首を傾げた。

「悠梨ちゃん、ちょっと雰囲気変わった？」

「え？　そうですか？」

髪型……はさして変わらない。高柳と以前顔を合わせたのは三か月ほど前だったから、少し髪は伸びたかもしれない。

「んー、なんかちょっと大人っぽくなったというか」

「……あのですね。大人なのですが。おそらく七年くらい前から」

「好きな男でもできた？」

またその話題かいっ！

もちろん高柳が昨夜の砥上と悠梨の会話を知るわけはないので、どうにか突っこみは声に出さずに呑み込んだ悠梨だった。

執務室でふたりが仕事の話をしている間、自分の机で翌日以降の仕事の整理をして待っていた。仕事の話のわりには、何やら楽し気な声が聞こえた。扉一枚隔てたところにいる悠梨には、会話の内容まではわからない。

それほど時間もかからず執務室からふたりが出て来て、すぐに鴬月に向かった。

それにしても、砥上と高柳が並ぶと、とても一般人とは思えない存在感と威圧感がある。いや、どちらも日本を代表する大企業のいずれトップに立つ人間なのだから、一般人とはいえないかもしれないけれど、芸能人などではない、という意味では一般人だ。

なのに、酷く目立つ。会社のロビーを出るとき、社内に残っていた女性社員が、近づきはしないものの色めきだっていた。きちんと見送ることが仕事の受付さえ、どこか陶然とした視線を向ける。

――せめて受付は一度きちんと釘を刺してもらった方がいいかもしれないわ。……気持ちはわからないでもないけれど。

受付は会社の顔だ。それがあの調子では……と、受付嬢の蕩けるような表情を思い出し、こめかみに指を当てた。

「どうした？　朝羽」

砥上に声をかけられて、はっと顔を上げた。会社を出たときのことを思い出していて、ふたりの会話が耳に入っていなかった。

料亭鴬月の奥座敷で、横長の広いテーブルに砥上と隣り合って座り、向かいに高柳が座っている。テーブルの上には所狭しと料理が並んでいた。この店は器にもかなり凝っていて、それも楽しみのひとつだ。今日は青茶色の焼物の皿で統一され、それぞれの器の中央に美しく料理が盛り付けられていた。

「すみません、美味しそうだなってお料理に見惚れてました」

「好きなだけ食べろ。ほら」

砥上は悠梨が海老好きなのを知っている。砥上の分の車海老の小鉢を、悠梨の方に差し出してきた。

「いえ、結構です、お気遣いなく」

「堅苦しい言葉遣いはよせ、もう仕事は終わった」

「……そう言われましても……」

接待は不要だと言われたが、まったくの愛想なしというわけにもいかない。向かいの高柳は、面白いものでも見るようににこにこと機嫌よさげに笑っている。くい、と日本酒の盃を空けるのを見て、咄嗟に徳利を手に腰を上げようとした。

「しなくていいと言ったろう」

セリフと同時に、砥上の大きな手が腰に触れた。撫で下ろすような触れ方は、単に悠梨に腰を下ろさせようとしたのだろうが、長い指の先が悠梨の弱い部分に当たった。

「ひゃうん！」

指先に横腹を辿られて、驚いて素っ頓狂な声を上げてしまう。その声に砥上も高柳も目を見開いた。

変な声を出してしまった恥ずかしさで、顔も耳も真っ赤にしながら、ぺしっと砥上の手を払い落とす。男ふたりは数秒驚いた顔のままだったが、そのあと同時に噴き出した。

「し、仕方ないじゃないですか、くすぐったかったんですから！　変なとこ触んないでください！」

悠梨は泣きそうになりながら、仲よく肩を震わせて笑いを堪えるふたりに抗議した。しかしそれもむなしく、高柳などはとうとう我慢することも止めたようで、声に出して笑い始める。

「いや、変なとこって背中に手を当てただけだろう」

笑いながら砥上は言うが、背中というより腰に近かったし、手が大きいから悠梨の弱点の脇腹に指が当たったのだ。それを説明するのも恥ずかしく、悠梨はわなわなと唇を震わせる。

「まあ、でも悪かった。くすぐったかったんだよな」

神妙な表情で取り繕った砥上の目尻にも、涙が滲んでいるのを悠梨はもちろん見逃さなかった。

「もういいです。セクハラ相談は労務でよろしかったですか？」

じとりと砥上を睨みながらそう言うと、彼はまた驚いた表情を浮かべて向かいに座る高柳を指さした。

「今のでセクハラに当たるなら、こいつはとっくに総支配人から降ろされている」

「酷いな、言いがかりだ。悠梨ちゃん、俺はセクハラなんかしないからね」

「知りません。それは東都グランデの女性社員に誓ってあげてください」

「よく言うなお前、こないだ総務の新入社員がどうって」

「それは今言うな。言わなくていい」

高柳は総務の新入社員と何かあったらしい。何がとまで聞く間もなく、砥上と高柳は言い合いを始めてしまった。

ふたりの言い合いを後目に、悠梨はさっさと箸を手に取り先に食べ始めることにした。とっとと食べ終わって、早く帰ってしまおう。

砥上と高柳は、しばらくはくだらない言い合いを続けていたが、じきに会社経営の話になり、悠梨は基本、口は挟まず情報として聞きながら食べることに専念していた。

「それにしても、悠梨ちゃんは美味しそうに食べるね」

急に、高柳から話を振られる。

車海老の一品を口に入れ、あまりの美味しさに目を閉じて浸っているところだった。

目を開けると、ニコニコと笑って悠梨の様子を眺める高柳と目が合う。

慌てて海老を呑み込んだ。

「すみません、つい夢中に」

「いや、謝ることないけどさ、悠梨ちゃんは和食派？」

「え……と、そうですね」

「鶯月を選ぶ時点で、相当舌が肥えてるよなあ」

感心するように頷きながら、高柳は考え込んでいる。

確かついさっきまで砥上と話していたのは、ホテルのレストランフロアに参入予定の飲食店のことだったか。

「ホテル東都グランデの食事はどの店も美味しいですよ。いいシェフをそろえていらっしゃるんだなと思います。食材も厳選されていますよね」

「ああ、ありがとう。やっぱ食に関することは女性目線で考えるほうが当たるんだよな。今は、たまに食べるならとことん高級志向ってとこか」

「そうかもしれないですけど、普通にファストフードとかも好きですよ。ラーメンとか……カレー専門店とかしばらく通いましたし」

まあ、いくらなんでもホテル東都グランデにファストフード店が入ることはないだろうが。高級なものばかりに惹かれるわけでもない。

砥上がすぐ傍で聞いているのに、金のかかる女みたいに思われるのも嫌で、ついつらつらとB級グルメを言い並べた。

どっちにしろ東都グランデには入らないかもしれないが、高柳が手掛けるホテルは東都グランデだけではない。リーズナブルなビジネスホテルもあるので、参考になるならと思いつくままに言っていた、それだけだったのだが。

「あと、お好み焼きとか!」

しかし、そうやって次々料理名を口にするのが、どうやら食いしん坊的な発言に受け取られてしまったようだ。聞いていた高柳がぷるぷると唇を震わせたあと「ぶっは!」と派手に噴き出した。

「わかった、わかった。悠梨ちゃんは食べるのが大好きなんだよね」

「ち、ちがっ……」

かあああ、と顔に血が集まって体温が上がる。恥ずかしすぎて、隣にいる砥上の顔が見られなかった。

「今度、美味しい店を紹介してあげるよ」

「……あと、パスタも好きです」

俯きながら、せめてお好み焼きやラーメンよりも可愛らしい印象のものをと付け足したが、無駄足掻きだったかもしれない。砥上に子供っぽいところを見られたと思ったら、余計に恥ずかしくなってしまった。

くくく、と笑いながら高柳が不意にスーツの内側に手を入れる。スマートフォンを取り出すと、笑いすぎて涙を目尻に滲ませながら「悪い」と言って立ち上がる。どうやら、着信があったらしい。

やっとこの話題から逃げられると、悠梨は心底ほっとした。

高柳が席を外すと、なぜだか急に静かな空間になった気がした。さっきから砥上がひとことも話さないからだと気付いて、そっと隣に視線を移す。

すると、砥上はしげしげと悠梨を眺めていた。

「面白いくらいに耳が真っ赤になってるぞ」

そんなこと言われなくてもわかっている。ジンジンするくらい熱くなっているのだから。

「……放っておいてください」

項垂れながらそう言うと、その火照った耳にひんやりとした何かが触れる。

「ひゃっ！　もう、やめてくださいってば！」

砥上が面白がって触ったのだとすぐに気付いた。慌てて触れられた側の耳を手で覆って砥上を睨むと、彼はなぜか面白くなさそうな顔をしていた。

その表情の理由がわからないし、どうも昨日から砥上の接触が多い。

「美味い店なら俺も」

「社長まで私を食べ物で釣られる質だと思わないでください！」

――実際、鴬月での食事に釣られて来てしまったので、まったく説得力はない。

「私、そろそろ失礼しようかと思います」

満腹になるまでしっかり食べさせてもらったし、この話題から逃れるにはもうそれしかなさそうだと砥上に告げた。

「今日はあまり飲まなかったな」

「昨日で懲りました。しばらく最低限のお付き合い以外は飲みません。社長ももうからかわないでください、本当に」

トートバッグに入っていたスマートフォンを出して、時間を確認する。

夜の八時だ、予定より遅くなったが、自分では絶対食べられないような料理を食べさせてもらえたのだから、よしとしよう。高柳が戻って挨拶をしたら退散しようと決め、スマートフォンをバッグにしまって帰り支度を整えた。

「まったく、からかっているつもりはないんだが」

「からかっているじゃないですか」

スカートがいいだとか、結い上げるのが似合いそうだとか、これまで悠梨の服装や髪型に対して一度だって何かを言ったことはなかったのに。

あれがからかっていないというなら、なんだというのだ。

「社長の好みと似ているとは言いましたが、そうなりたいとは言っていません」

「なぜ。試してみればいいだろう?」

「……好みのタイプに似せてまで努力しても、振り向いてもらえなかったら？　余計に情けないじゃないですか」

これは、悠梨の本音だった。砥上の好みに合わせて自分を変えてまで努力して、その砥上に「さあ告白してこい」なんてにこやかに言われたら、その時点で失恋が確定ではないか。しかも普通の失恋より精神的ダメージもきっとでかい。とてもじゃないが立ち直れそうにない。

「ずいぶんと逃げ腰だな」

鼻で笑われて、むっとして隣の砥上を睨んだ。

「慎重なんですっ」

しかし彼は、涼やかな流し目をこちらに向ける。まるで煽(あお)るような視線に、乗せられてはいけないと頭ではわかっているのだが、

「印象を変えるのは効果的だと思うぞ」

砥上の言葉に、悠梨の耳はぴくっと反応した。

「……そう、思いますか？」

「見知った女性の外見のイメージが変わったら、当然気にはなる。つまり、好意とまではいかなくてもそこで一度、目には留まる。もし頻繁に会う相手なら、徐々に変えていくのもいいかもしれないな」

「……まあまあ、頻繁です」

本当は毎日会っていますが。

「じゃあ、段階を踏むのがいい」

……そうなのだろうか。男の人はそういうものなのだろうか？

誰もが、とはいかなくとも、砥上がそう言うのなら、彼はそうなのかもしれない。

砥上の目の前で、少しずつ自分が砥上の好むタイプの女性に変わっていったら、彼はどう思うだろう。自分が教えていくのだから、当然だと思うだろうか。それとも、少しは好ましく映るだろうか。

「……段階って、一日目は服をスカートにして、二日目は髪をアップですか」

今のところ、砥上の好みで言われたことはそれだけだ。これではたった二日で終わってしまう。

「見ための好みは追々だな、それはどうにでもなるし、朝羽に似合わない場合は敢えて合わせなくてもいいこともある」

そう言うと、また砥上は夕べと同じような目を悠梨に向けた。観察するような、あの目だ。恥ずかしいような居心地の悪さを感じるが、悠梨は少し身構えただけで甘んじてその視線を受けた。

「じゃあ、私はどうしたら」

どうせなら、砥上の目で見て自分に何が足りないのか教えてほしい。

けれどこの目に見つめられるだけで、心臓がどうにかなってしまいそうなほどに鼓動が早くなってしまう。

あともう少し砥上の言葉が遅ければ、目を逸らして逃げてしまうところだった。

「……足りないのは色気か」

「明日労務に飛び込みます。今日はごちそうさまでした」

やっぱり、からかっている。

ぺこっと頭を下げて、すぐさま立ち上がろうとしたが、手首を掴まれて引き戻された。

「待て待て。色気がないのは朝羽のせいじゃない」

「ないない、言わないでくださいっ。じゃあ、一体何のせいですか」

言い返しながらも若干涙目になる。自分に色気がないのは重々承知していた。しかしそうはいっても、色気の出し方なんてわからない。

丈の短いスカートや胸元の開いたトップスを着ればいいというものでもないだろう。

尋ねてみたが、砥上は意味ありげに笑っただけだ。

教える気がないのなら離してほしいのに、悠梨の手首をしっかりつかんだまま、逃がすつもりもなさそうだった。

砥上の手が、存在を主張するようにきゅっと指先に力を籠める。親指が優しく手の甲を撫でながら位置を変え、指先で止まった。

そこは、夕べキスされたところだ。砥上の唇が、初めて触れた場所。

気付いた途端に、またじりじりと体温が上がった。

だめだ。もう、隠しようもないくらいに真っ赤になっているに違いない。

ついに悠梨は耐えきれなくなって、砥上の視線から逃れるように俯いた。すると、砥上の大きな手に捕らえられた、自分の手が目に入る。

「綺麗な手をしている」

静かな、低い声で囁かれた。

いつもの話し声より少し低いその声は、悠梨にくらりと眩暈を起こさせる。さっきまで悠梨をからかっていたような声じゃない、『男』としての声だ。

どうしてそんな風に聞こえたのか、悠梨にはわからない。

ただなんとなく頭に浮かんだのは、砥上が例えば恋人に愛を囁くときは、こんな声をしているのだろうかということ。

ふと顎に何かが触れた。砥上のもう片方の手だ。

薄くベールをかけられたような、ぼんやりとした意識の中で、指先に促されるままに顔を上げてしまった。

そこには、黒曜石のような光を湛えた瞳がふたつ。まっすぐに悠梨を見つめる、その目はとても温かい黒色をしていた。

――温かく包み込むようで、慈しむようで。

そう感じた瞬間、悠梨の中に畏れが生まれた。

――だめだ。これは、捕まる。これ以上見つめられたら勘違いしてしまう。

心がそう判断した途端、悠梨は咄嗟に目をそらし、砥上の手を振り払った。うしろにずり下がり距離を取ると、畳の上を利き手が這って自分のバッグを探し当てる。

「朝羽？」

そう呼びかけてくる砥上の顔を、もう見ることはできなかった。

「か……帰ります。あの、ごちそうさまでしたっ……美味しかったですほんとに」

どうにかそれだけ口にする。悠梨はマナーも行儀も忘れ、手足をばたつかせるようにみっともなく立ち上がり、

「お、お疲れ様でした！」

文字通り、座敷から……いや、砥上から逃げ出した。

今の、空気は、何。何事？

廊下は走ってはいけません。とりあえず、小学生でも理解している程度の常識マナーだけは頭の中にあって、走り出したい衝動をどうにか堪えて早歩きで店の玄関までたどり着く。

「朝羽様？　お帰りですか？」

不意に声をかけられて驚いて肩が跳ねた。振り向くと、着物姿の女性が立っていた。鴬月のおかみさんだ。先に帰ることを説明すると、靴を出してくれた。

挨拶をして、玄関の外に出る。こぢんまりとした庭園の中に飛び石が並び、通りに出る門へ続いている。

おかみさんに遭遇したおかげで、少しだけ気持ちが落ち着き、冷静さが戻ってきていた。そうなると、さっきの自分を思い出すのも居たたまれないくらい、恥ずかしくなってくる。

どうしよう、変な逃げ方をしてしまった。明日、どんな顔をして出勤すればいいのやら。

「もう……社長なんか」

砥上が悪い。こっちは何事もなく秘書としての顔を貫こうとしているのに、からかってばかりの

砥上が悪い。嫌いだと言ってやりたくなったけれど、たとえひとりごとでも言えず、八つ当たり気味の思考にため息を吐く。

どっと疲れが押し寄せて、とにかく帰ろうと一歩踏み出すと、今度は高柳に呼び止められた。

「あれ？　悠梨ちゃん、もう帰るの？」

どうやら敷地内のどこかで煙草を吸いながら電話をしていたらしい。ふわりと風にのってメンソールの香りが流れてきた。

「はい、しっかり満腹になりましたので今日は帰ります。すみません、おふたりのプライベートな時間にお邪魔してしまって」

「いや、なんかその言い方、変な風に聞こえるからやめてね」

くしゃりと鼻にしわを寄せながらも笑ったその表情の作り方は、やはり愛嬌がある。口元を押さえて悠梨も微笑み、それから会釈した。

「それでは、失礼いたします」

「悠梨ちゃん、もしかしてあいつとなんかあった？」

高柳に言い当てられて、悠梨はぴしっと会釈の角度のまま、一瞬固まった。

「え、何がですか？」

惚(とぼ)けてみたが、汗が滲(にじ)み出る。そんなにも悠梨はわかりやすい顔色をしているのだろうか。もしかしてまだ顔が赤いままなのかもしれない。

「あれ、気のせい？　いや、なんかちょっと」

「ちょっと？」

「いつもより色っぽい顔しているから」

そう言って、高柳はにやっと笑う。その表情でまたからかわれたのだとわかった。

「……もう！　高柳様とうちの社長ってなんか似てますよね。いいかげんにしてくださらないとさっきの言葉、うちの噂好きの社員に言いますよ」

「さっきの言葉？」

「砥上と高柳様が、プライベートではいい雰囲気で仲がよいって」

「待って！　さっきより脚色されてるよな⁉」

少しばかりからかい返して、「それでは」とようやく鴬月を後にした。


店を出ると、食事の間待機してくれていた砥上の社用車がすぐ傍に停まっていた。砥上が運転手に連絡していてくれたらしい。

ありがたく送ってもらい、ひとり暮らしの部屋に辿り着くとどっと疲れてソファに腰を下ろした。満腹になるまで美味しいものを食べさせてもらって、帰宅も昨日よりは早く、まだ九時になっていない。それなのに、昨日と同じく疲労感が半端なく押し寄せてきていた。

「……もう。普通に仕事している方が疲れない」

ぐったりとソファに身を任せ、背もたれにうなじを預けて天井を見上げる。

息を吐き出して目を閉じれば、瞼の裏に黒い瞳がふたつ浮かんで慌てて目を開けた。

「……どうしよう」

砥上は本気で、悠梨に自分の好みを教えようとしているのだろうか。

『綺麗な手をしている』

砥上の声なのに、初めて聞くような響きが耳に残っていて、気が付くと頭の中で何度もリピートされている。無理やり他のことを考えようと思っても、新たに思い出された言葉もやっぱり砥上の声だ。

『色気がないのは朝羽のせいじゃない』

じゃあ、誰のせいだと言うんだろう。

お風呂に入ってゆっくり休んで、また明日に備えなければいけない。

わかっているのに身体が動かなくて、悠梨はころんとソファに横になった。身体と違って、頭は忙しなく働いている。

砥上は何を言いたかったのだろうか。それを確かめる前に、逃げ出してしまったが……それでよかったのか、後悔のようなひっかかりを感じた。

やはりどうしても、諦めきれない、吹っ切れない。未練がましい恋心が、今はまだ好きでいたいと主張している。

結婚でもしてくれたら諦めよう、そう思う一方で、本当はそのときが来るのを恐れている。

矛盾した感情を抱えて、どっちを向いても苦しい、八方塞がりのような気がした。

「……どうしよう、もう」

ため息が零(こぼ)れた。右手を目の前まで持ち上げる。軽く握って、爪の辺りを見つめた。

彼が、この指先にキスをした。

思い出しただけで、ぎゅっと胸の奥を掴まれたように苦しくなって、拳を口元に当てる。

……どきどきした。逃げ出したいくらい、どうしたらいいかわからなくなってしまうくらい。

だが、それ以上に、本当は嬉しかったのだ。

演技だと、からかったのだとわかっていても、初めて彼に女性相手としてのふるまいをしてもらったことが何よりも嬉しかった。

柔らかな瞳と、艶やかな微笑みと、低く甘い声。

彼は、好きな女性にはいつもあんな表情で、あんな風に囁(ささや)くのか。知ってしまったら、もう次は耐えられない気がした。今度、砥上に新しい恋人ができてしまったら、もう平気な顔ではいられない。

――どちらにしても、苦しいのなら。

何もしなければ、いずれ近いうちにまた彼は恋人を見つけてしまう。どうせ苦しい思いをするのなら、今、賭けてみるのもいいかもしれない。砥上が初めて、秘書ではない自分に興味を示しているのだ。

逆に今、このチャンスにさえ行動に移せないのなら、悠梨はこの先諦めていくしかない気がした。

きっと何もできないまま、また彼に恋人ができたときにひとり隠れて泣くのだ。

きっと、これまでよりもずっと辛い。そのくらいならば。

目を瞑ると、今度は少し意地悪な、こちらを煽（あお）るような砥上の微笑みが浮かんだ。

――捕まえたい。どうにかして、あの人を。


翌朝、覚悟を決めた悠梨はいつもの時間に砥上のマンションを訪れた。いつものように寝室の外から声をかけて砥上を起こし、キッチンでコーヒーメーカーのスイッチを入れる。

……慣れないから、なんか首筋が寒い。

髪がほつれてきていないか、手で確かめつつ首筋を摩（さす）った。緊張しながら砥上がダイニングに来るのを待つ。

「おはよう。夕べはちゃんと帰れたか？」

中扉が開く音がしてすぐ、砥上の声がした。

「はい、車を廻してくださって、ありがとうございました」

返事だけして、キッチンから出ずにコーヒーの用意をする。トレーに載せて、ダイニングの椅子に座る砥上の傍に近寄った。

砥上の目が、軽く見開かれる。悠梨は目を合わせられなくてテーブルの上に視線を落とし、それでも砥上の視線からは逃げなかった。

今日は、いつもパンツスーツばかりのローテーションから外れ、オフィス仕様ではあるが膝丈のフレアスカートにした。髪は結んでくるんと丸め、シンプルなシルバーのバレッタでアップにまとめてある。

砥上が言った、好みの通りだ。

今朝、何度も何度も考えた。似合っているだろうか、見苦しくないだろうか。いつもパンツスーツでも歩き方は品があるように心がけているつもりだが、スカートだと一層見苦しくならないように気を付けなければいけない。

……笑われたら、怒ってやる。ちゃんと色気のある女になれるように、恥ずかしい思いをした分責任を取ってもらうんだから。

笑われる、からかわれる。その前提で悠梨は覚悟していたのだが。

「よく似合ってる。思った通りだな」

今度は、悠梨が目を見開く番だった。伏せていた視線を上げて砥上を見ると、少しも馬鹿にしたような顔をしていなかった。

柔らかなこの微笑みは、昨夜と同じ。手を綺麗だと言ってくれたときと同じ表情だった。

「……仕事の上で、見苦しくなければいいんですが」

「問題ない。いつもより柔らかい印象で、取引先でも好感度は上がるんじゃないか」

砥上の言葉に、ほっと胸をなでおろす。いつもと服装を変えることで、一番気になっていたのはそこだった。

「よかった。ありがとうございます」

砥上の好みに合わせたいといっても、仕事に不適切な服を選んでしまっては意味がないのだ。

「朝羽はもう少し、自信を持っていいと思うがな」

かつてその自信を根こそぎ奪っていった人が何を言う、と悠梨は思ったが、砥上も言っていた通り『自分の好みのタイプ』がイコール『いい女』という意味では考えてなかったのだろう。だから冗談でもあんな言葉が出たのだ。

だけど、悠梨にとってはそのふたつがイコールでなければ意味がない。

「そう言われてすぐに自信満々になんてなれません。どうすれば、足りない色気が増えますか?」

気恥ずかしくて、わざとおどけてそう言った。けれど、微かに手は震えていた。ぎゅっとその手を握り合わせる。

「どうしても、振り向かせたい人がいるんです。どうすればいいですか」

そこだけは、真面目に取り合ってほしいと思ったから、悠梨はまっすぐに砥上の目を見た。

砥上は、静かに見つめ返してくる。振り向かせたいのは彼なのだと、今はバレてはいけない。表情に出ないよう、唇を引き締めていると、砥上の口の端にふっと苦笑いが浮かんだ。

「わ、笑わないでください、私は真剣に……っ」

「ああ、いや。朝羽を笑ったわけじゃない。可愛いと思って」

たった一言、他愛ない褒め言葉を言われただけで、息を詰めてしまう。こんなときにさらりと軽く流して冗談でも返せればいいのかもしれない。そういう女性の方が、砥上の隣に似合いそうな気がする。

しかし、顔を真っ赤に染めて何も言えない悠梨を、砥上はからかったりせず、立ち上がり悠梨の前に手を差し出した。

「……あの？」

戸惑っていると、砥上はさっさと悠梨の手を取ってしまった。そうして、まるでエスコートでもするように砥上が座っていた向かいの椅子まで悠梨を連れていく。椅子を引き、座るように促した。

「あ……ありがとうございます」

突然の行動に意味がわからなかったが、こんな風に優雅にエスコートされれば悪い気はしない。自分がとても丁寧に扱われているような気がした。

「朝羽のせいじゃないと言ったのは本当だ。不甲斐ないのは周りにいた男の方だな」

そう言いながら、砥上の片手がテーブルの上に置かれた。もう片手は、まだ悠梨の手を掴んだままだ。

「これまで、付き合った人、ということですか」

砥上が腰を屈め、悠梨の顔を覗き込む。

「周りから女性扱いされて、初めて自分が女だと意識する。そういうものだと思うがな。朝羽は単に慣れてないんだろう、いちいち反応が新鮮だ」

——悪かったですねー！

心の中でそう叫んだ。これは何の拷問だろう。

赤くなったりどもったり、挙動不審になるのを見透かされているのはわかっていたけれど、口に出して指摘されるのは恥ずかしい。

大体、付き合った人などこれまでひとりもいないのだ。けれどこうまで言われては、それを正直に申告するのは、なんだか悔しい。だからつい見栄を張ってしまう。

「仕方ないじゃないですか、あまり経験豊富じゃないんですっ。つまり、恋人を作れってことですか。……その、男性と付き合う経験を積め、と……？」

だが、悠梨は思う。こんな風に女性として尊重されるような扱いを受ける人は、滅多にいないんじゃないだろうか。よほど紳士的な恋人でも作らない限りは。

それに砥上に振り向いてもらうために、砥上以外の男性と付き合うつもりは毛頭ない。それでは本末転倒だ。

そんな言葉を聞きたくなくて、少し警戒しながら砥上の表情を窺う。けれど彼の口から出た言葉は、悠梨の予想とは違った。

「単純な経験のことじゃない。それに、色気というのは胸元の開いた、身体の線を主張するような服で女を誇張することでもない」

砥上の言いたいことは、悠梨にもわかる気がした。きちんとした、肌の露出の少ない服を着ていても、上品な色気を漂わせている人もいる。女から見てもそういう女性には憧れるものだ。

「振り向かせたい男は、どんな男だ？」

すぐ間近で、砥上の目が悠梨の瞳を覗き込んだ。

「……普通の人です。ごく普通の……会社員、で。えっと……優しそうな人」

嘘だとバレないで。そう祈りながら、目を逸らさずにいた。

「で、俺と女の好みが似ている？」

「……そうです」

小さく悠梨が頷くと、砥上の目が三日月のように弧を描く。これまで悠梨が見たことがないような、嫣然(えんぜん)とした微笑みだった。

「なら、俺が変えてやる。……その男に、振り向かれるまで」

つきりと針で刺したような痛みを胸に覚えた。彼は、悠梨がどこの誰に想いを寄せていても気にならないのだ。むしろ手を貸してもいいとさえ思っている。だけどそれは、もうわかっていたはずだ。

傷つくのを承知で、こうすることに決めたのだ。

持ち上げられた悠梨の手に、砥上が口づける。その刹那、息が止まる。手の甲に触れた唇から湿り気のある吐息が触れて、ぞくりと悠梨の腰を震わせた。

「はい。お願いします」

これが、悠梨の大きな賭けの始まりだった。

第三章　キスの行方は　砥上ｓｉｄｅ

貝原に新しい秘書の希望を聞かれたときに、砥上は切実に訴えていた。

「オフィスに恋だの愛だの持ち込まないなら誰でもいい。真面目すぎて堅物なくらいがちょうどいいな、仕事ができるかできないかはどっちでもいい」

「何言っているんですか、そんなわけにはいかないでしょう」

呆れたように貝原はそう言うが、砥上はその手の女性に辟易していた。貝原はそういうタイプではなく幸いだった。その貝原が結婚して退職すると聞いたときは、金を積んでも結婚をやめさせたいとまで思ったほどだ。結婚しても仕事はできるとも説得した。

が、結婚後は海外に住むと聞き、そこでようやく諦めた。

部下の幸せの門出だ。快く送り出すべきだろう。

しかし、後釜の選定には苦労しそうだと唸ったのもまた本当だ。気心も知れて仕事もできるパートナーは財産だ。貝原に、適任がいれば男でも女でも構わないとも伝えてあった。

そんな経緯があったからか、貝原が悠梨を連れてきたときに、砥上はつい冗談のような発言をしてしまった。

「食指が動きそうにない。仕事に集中できそうだ」

生真面目そうな外見。意志の強そうな目が印象的だった。女性らしい柔らかな雰囲気はあまりないが、砥上にとってはその方がありがたい。

仕事のパートナーは、頭が固い方がいい。ちょっと口うるさい程度でもいいくらいだ。

砥上の軽口に、彼女はむっと唇をへの字に曲げた。確かに、言われて喜ぶ言葉ではないが、正直に顔に出るのが面白かった。しかし、これから世話になるのに最初から印象が悪いのもまずい。

軽口が過ぎたと言いかけたそのとき、悠梨が笑った。そして背筋を伸ばしはっきりと言い返してきた。

「ご希望に添えますように、業務に邁進させていただく所存です。社長のお人柄が『仕事しか興味のない堅物』と新たな噂になりますように」

負けん気が強い。が、自分の立場をわきまえつつ、上手く主張をしてくる。そんな部分が気に入った。

その様子を見て、砥上も謝罪の言葉を引っ込めて手を差し出す。

「お手柔らかにお願いするよ」

彼女となら、問題なく仕事ができそうだ。砥上はそんな期待を持ったが、事実、それは正解だった。

気は強いが、融通が利かないわけじゃない。人の話を素直に聞ける一面も持っている悠梨は、砥上にとっては教え甲斐があった。

ただ、勘がいいゆえに時々早とちり気味なこともある。彼女が自分で気が付くように、会話にそれとなくヒントを混ぜればちゃんとそれを見つけ出した。

……うん。悪くない。

服装も品よく華美でなく、取引先相手にも出しゃばらないが、萎縮もしない。たとえそうでも、悟らせない。やはり、勘がいい。

まだ貝原ほど全部を任せられるわけではないが、何事にも真剣な様子を見れば、先が楽しみではあった。

「いや、仕事に真剣に取り組むことは、当たり前のことだし、特別なことでもないだろ？」

高柳がリゾート開発地について相談しにやってきて、ついでの話題で新しい秘書はどうだと尋ねてきた。彼女の印象を話すとあっさりとそう言われ、砥上は反論に困った。

確かに、そうなのだが。

「負けん気が強いのも、必要な部分だしな。ちょっとやそっとのことで、いちいち凹まれたのではたまったもんじゃないだろ」

「お前の秘書が気の毒になってくるな」

高柳は、一見人当たりがよいお調子者を演じているが、自分の部下、特に直属となる秘書にはかなり手厳しい。

甘い雰囲気に騙されて、異動願いで秘書になった社員は大抵泣く羽目になり、長続きしない。

「そうか？　お前だってそういう主義だったろ」

高柳に肩を竦めて指摘された。

「まあ……そう言えばそうだな」

「だろ」

言われてみればその通りだった。貝原は、以前にも経験があったために秘書としてすでにできあがっていたのだが、その前任はまったく話にならなかった。高学歴の才女だったが高慢で使い物にならず、それどころか砥上に対して色目まで使って来る始末。その手の人種に辟易していた砥上は、すぐに異動させた。

無駄な人材には構っていられないと、どちらかといえば見切りをつけるのは早いほうだった。だがしかし、今回は少しばかり気が長い、かもしれない。

「まあ、でもへこたれないのはいい人材だな、育て甲斐がある」

「ああ」

そうだ。育て甲斐、というやつだ。それに、悠梨の姿勢がそうさせている部分もある。

高柳の言葉に、納得した。貝原が退職してから、手ずから教えているようなものだからか。

それに、一生懸命なところはやはり好ましかった。苦手な英語を克服しようと、空いた時間にビジネス英語の教材をイヤホンで聞いているのを知っている。

真剣な横顔は、一点をじっと見つめる。かと思うと、瞳だけが時折きょろきょろと視線を変える。何だか小動物のようだと思い、すぐに猫だと思いついた。じゃれつく対象を見つけた子猫が、懸命に視線を走らせているのに似ている。

自分が育てている人材。その中で、特に身近に置く者。それが、砥上に自分のテリトリーを許すきっかけになったのかもしれない。

いくら朝が苦手だからといって、起こしに来てくれなどとは恋人にも当然、前秘書の貝原にも頼んだことはない。

彼女があっさりと頷いたのには、少しばかり驚いた。てっきり「秘書の仕事の範疇外です」とでも言われるかと思っていたから。

そしてその三年後。

「仕事が忙しくて遊ぶ余裕もないんです！　それに、好きな人くらい、いますから！」

まさか、こんなひとことで衝撃を受けるとは。自分自身に、砥上は驚いていた。

三年、秘書として目をかけてきた彼女だ。確かに、かつて言った通り砥上がこれまで好んで選んできた女性とはタイプは違うが、決して魅力がないとは思っていない。

相手がどんな男なのか気になって落ち着かない。これまで育ててきた大事な秘書を、そんじょそこらの男に任せられるわけないだろう。

——一体、どこの誰だ。

何やら、イライラとした。

親心のようなものだろうか。だから、無理にでも聞き出したくなっても仕方がない。

だが、それだけではない、あまりにも理不尽な感情に、気が付いてしまった。

「相手は普通の人ですが！　選ぶ女性が社長の好みと似通っているので、私では望みがないんです！」

肌を朱に染め、涙に潤んだ目で睨まれたときだ。どくん、と下腹の奥を熱いものが脈打つのを砥上は感じた。悠梨の表情から目が離せず、小さく息を呑む。

悔し気に噛みしめた唇と、小刻みに震える肌と、その全部に目を奪われた。

「社長？」

そう呼ばれなければ、無意識に手を伸ばして触れてしまうところだった。

仕事に男女の関係を持ち込まれることを嫌った。だから、これまで恋人は一切仕事に無関係な中から見つけていた。

仕事のパートナーとして、悠梨は生真面目なところが砥上は気に入っていた。

そのはずなのに唐突に襲われた衝動を、砥上はぐっと拳に力を入れてすんでのところで握りつぶす。

頬を染めた彼女は、匂い立つような色気を纏う。男慣れしてなさそうな一面とのギャップがまた、危うい。

――やっぱり、放ってはおけないだろう。

触れたくなった衝動は女性に向ける庇護欲に似ているが、大事に育ててきた秘書を保護しなければいけないという、どちらかといえば親心に近いのだ、きっと。

好きな男の好みが、自分の女の好みに似ているというなら、俺が手を引いてやればいい。

赤くなった頬を見るたび触れてみたくなる。ムキになる姿を見ると、つい構いたくなる。好きな男は誰なのか、いらぬお節介を焼きたくなる。

それらを全部『親心』という二文字の中に押し込めた。


いつものように砥上のマンションを訪れた悠梨は、砥上の言葉どおりパンツスーツではなくスカートをはき、髪はアップに結い上げていた。

頼まれもしないのに、自分の好みを悠梨に伝え、暗に自分が教えようとしているとわからせた。

彼女が自分の好みに合わせて来たということは、砥上が与えた提案に興味を持ったのだということだ。

「どうしても、振り向かせたい人がいるんです。どうすればいいですか」

じっとこちらを見つめる目が、懇願しているようだった。その瞳の強さが、悠梨の想いの強さそのもののように見えた。

そんなにも、その男が好きらしい。

自分を頼ったことに矜持(きょうじ)を満足させられる一方で、それが他の男を振り向かせるためだということに、またあの衝動が込み上げる。

――これは、親心だ。

それなのに気が付けば、砥上はまるで獲物を罠にでもかけるような気分で、悠梨に手を差し伸べていた。

「で、具体的には私はどうしたらいいんですか？」

そう言いながら、彼女がやや強引に自分の手を砥上の手の中から引き抜く。薄桃色に染まった白い首筋が、幼い顔立ちの中に潜む色気を滲み出させた。

「そうだな。とりあえず……この休日は空いてるか？」

「休日？　土曜日なら空いてますが」

きょとんとしながらも頷く悠梨に、砥上は微笑む。

「さっき言った通りだ。朝羽に色気がないのは、女性として扱われる機会が少ないせいだ」

「だから？　……手にキスしたりするんですか」

「セクハラだと労務に訴えるか？」

悠梨は少し考えるような表情を見せた後、拗ねたように唇を尖らせて言った。

「……今は、仕事の時間ではないので」

ほんのりと薄桃に染まる頬が、柔らかそうだ。次キスする場所はそこにしようと、手を伸ばしてとんと指で叩く。砥上が思うよりも柔らかだった。

「そうだな。仕事以外の時間を共有する必要がある。だから土曜、空けておいてくれ」

デートの真似事だと、悠梨はすぐに理解したようだ。少しの迷いは見せたものの、さほどの間を置かずに頷く。

「では、出勤のときと同じように起こしに来ます」

「いや、いい。俺が迎えに行こう」

「……起きられますか？」

砥上をからかうような、少しばかり意地の悪い表情だ。悠梨は砥上の寝起きの悪さを誰よりも知っているから当然だ。

「デートのときくらいは、格好をつけさせてもらおうかな。恋人を待たせるようなことはしないつもりだ」

これは、まがいものだ。彼女にとっては、自分に足りない何かをこの関係で得る、そのための恋愛の真似事だ。

彼女にとっては。

自分にとっては、理不尽な独占欲の結果で、その後は——

砥上は悠梨を見つめた。『恋人』というありふれた言葉にすら頬を染める初心(うぶ)な悠梨を。

「俺と疑似恋愛をしよう」

第四章　ペナルティのキスは、頬

約束の時間は、午前十時。だというのに、悠梨は朝の五時から起きている。おまけに、夜もあまり眠れていない。

砥上とプライベートで会うのは初めてだ、緊張しないわけがなかった。なかなか寝付けなくて、ようやくうつらうつらとしては目が覚める。それを繰り返し、空が白み始めたところで諦めた。シャワーを浴びて寝不足で靄のかかった頭をすっきりさせ、着ていく服を決めるのにかかった時間は約二時間。

普段なら、動きやすいラフな服装が好みだが、今日はそういうわけにはいかない。

砥上にとっては疑似恋愛でも、悠梨にとっては本番、正真正銘の恋愛だ。悠梨は砥上が付き合ってくれている間に、彼を振り向かせなければならない。

本来なら、彼が好みだと言ったスカートを選ぶべきだ。しかし、まったく持っていないわけではないが、数は少ない。

それに今日の約束を決めたときに砥上が、いつもの格好でいいと言った。

悩みに悩んだ挙句、一番着慣れているデニムは止めてフレアパンツにしておいた。これならラフ過ぎないだろう。トップスはシンプルな白のニット、髪は左右の髪を編み込んでアップにまとめる。

小春日和であるが、念のため薄手の秋用のトレンチコートを手に部屋を出て、マンションの一階まで降りた。

エントランス前には、いつもの運転手付きの黒い車ではなく、白のセダンが停まっている。ぱっと見ただけでも高級車だとわかる、その運転席から降りてきたのは、砥上だった。

生成りのジャケットの下は、深いグリーンのVネックシャツだ。いつもと違いラフな印象に、悠梨はしばし見惚れた。

「おはよう」

声をかけられて、はっと我に返る。

「……おはようございます、社長」

その間に、砥上は助手席側まで回り、ドアを開けた。砥上にそんな真似をさせてしまうなんて、と恐縮して身を竦ませながら助手席に乗り込んだ。

右ハンドルだが、横幅の大きな外車だ。あまり長く停車もしていられないだろう。砥上は運転席に戻り、すぐに車を走らせる。

どこに行くのだろう？

窓の外を眺めていると、砥上が声をかけてくる。

「まずは、呼び方を改めるべきだな」

「はい？」

「社長はないだろう。そう呼ばれた時点で、オフィスにいるのと変わらなくなってしまう」

運転席を見ると、砥上が正面を見ながら苦笑いをしている。確かに悠梨も、いつもと違う状況で『社長』と呼んだとき、少しだけ変な感じがした。

では、と少し考えて思いついた呼び方は、きっと砥上が望むものではないなとわかっていた。それでも、いきなり慣れ慣れしく呼ぶことなんてできそうにない。

「……砥上様？」

「取引先か」

案の定、語尾に被る勢いで砥上に突っ込まれた。恋人としての相手にその呼び方がおかしいことくらい、悠梨にだってわかってはいるが、いざ改まって別の呼び方となると恥ずかしくて仕方がない。

「えっと……じゃあ、なんて呼べば」

「一矢でいい」

「で、できません！」

「呼び捨てでなくてもいい。呼んでみろ、悠梨」

狼狽（うろた）える悠梨を他所（よそ）に、砥上はさらりと下の名前を呼び捨てた。

じわあっと上がる頬の熱を感じながら、ぐっと言葉に詰まる。悠梨と違って、砥上は余裕たっぷりなのがまた悔しい。

呼び捨てじゃなくていい……それなら。一矢さん……いや無理！　下の名前で呼ぶのがまず無理！

悠梨は、何度か彼の名前を呼ぼうとして唇が迷い、結果。

「と、砥上さん、で」

これが精いっぱいだった。年上の恋人で、まだそれほど期間を経てないふたりならば名字で呼ぶこともあるはずだ。

「仕方ないな、まあ、そこは段階を踏むか」

つまり最終的には下の名前で呼ばせるつもりらしい。

「そんなに必要ですか、そこ？」

弱った声を出す悠梨に、砥上はおかしそうに笑った。

「それほど難しいことではないのに。ここで躓（つまず）くとは、先行きが心配だな」

赤信号でゆっくりと車が停車する。前を見ていた砥上が、悠梨の方に顔を向けた。とろりと色気を含んだ目をして、悠梨の頬に手を伸ばした。

「必要か、と聞かれれば、もちろん必要だな。雰囲気に慣れることで、自然と男とふたりでいるときの振舞いもこなれてくる」

砥上の人差し指が、とんと頬の肌を叩く。まるで、拗（す）ねた恋人をあやすような仕草だ。

「今日はとことん、エスコートしてやる。楽しみにしててくれ」

にっこりと微笑まれて、悠梨は胸のときめきを通り過ぎ、心臓が止まってしまうのではないかと思った。

砥上のエスコートは完璧で、悠梨には極上過ぎた。

彼は最初から、そのつもりだったのだろう。いつもなら気後れしてまず入らない高級ブランドの店に悠梨を連れて行き、上から下まで装いを新調させた。

「あの、ちょ、しゃちょ……砥上さんっ」

試着室を出た悠梨は、正直汗を掻くのも怖かった。こんな高級な服に汗染みを作ってしまったらどうしよう、と思うほどに冷や汗が出てしまう。

「ああ、いいな。靴はこれに変えてくれ」

悠梨の全身を確認した彼は、華奢なピンヒールのパンプスを女性店員に渡す。靴を手に店員が悠梨の足元に腰を落とした。

「さ、どうぞこちらに」

促されるままに、足元に置かれたパンプスに履き替える。ヒールがかなり高くて、足が痛くならないか心配だった。が、履いてみて驚くほどに足馴染みがよかった。

「あ。可愛い」

改めて目の前の鏡を見て、ぽろりと零れた感想だ。ヒールの濃い紫色から爪先の白に向けて鮮やかなグラデーションになっていて、今着ている淡いラベンダーのワンピースによく似合っていた。

背後から近づく砥上と、鏡越しに目が合う。彼の手にはライトグレーのコートがあり、それを悠梨の肩にふわりと羽織らせる。ぎょっとして砥上を振り返りかけたが、彼に肩を抱かれてふたたび鏡の自分を見る。

こんな自分は、見たことがない。童顔と言われる顔立ちは何も変わらないが、不思議にその幼い印象は消えていた。

「似合ってる。これは着ていこう」

「えっ!? 待ってください、もう本当に……」

とてもじゃないが、悠梨が払える金額ではないのだ。もちろん、砥上も悠梨に払わせるつもりはないだろう。それはわかるが、かといってあっさりと受け取るわけにもいかない。

しかし、砥上は悠梨のそんな反応もわかっていてオールスルーだ。

「さっき試着したものも包んでくれ」

「ええっ!?」

「かしこまりました」

かしこまらないでください！

このワンピースの前には、普段使いしやすそうなトップスとフレアスカートを試着していた。それも砥上は購入してしまうつもりだ。

「待ってください、そんな何着も」

「よく似合っていた。あれなら悠梨も気後れせずに着られるだろう」

「でもっ……」

砥上は、肩を抱いていた手を離してぽんと悠梨の背中を叩く。砥上にとっては大した金額ではないのかもしれない。だが、悠梨には桁が違った。

本当の恋人でもないのに、ここまでしてもらってはダメだ。

断るべきだ。もう一度砥上に言いつのろうとしたとき、ふいに砥上が腰を屈め、耳元で囁(ささや)いた。

「綺麗だ」

その、たった一言で悠梨は何も言えなくなる。砥上は茹で蛸のように真っ赤になった悠梨を笑うことなく手を取り、そっと握った。

まるで、物語か何かのようだ。こんなデート、普通の人はしないだろう。悠梨が困惑しながらそう呟くと。

「今日は特別だ。初デートは、男は張り切るものだから」

そう甘いセリフを吐いて、また悠梨の頬を熱くさせる。そのたびなぜか、砥上は悠梨の頬を指で優しく撫でる。赤くなるのが気になるのかもしれないが、これぱかりは意識して治せるものではない。

砥上は悠梨をもう一度ドライブに誘い、郊外のレストランで昼食をとった。高台にあるレストランはコスモスが咲く丘が見渡せる、景色も美しい店だった。

――本当に、綺麗。

鮮やかな赤みがかった色と薄桃色が混じり合い、優しい風に花弁が揺れる。天気がよくて雲ひとつない空の青色とのコントラストに目を奪われた。

秋から冬にかけての景色というのは、春先と同じように花に溢れたものでも物悲しく胸を打つのはなぜだろう。けっして悲しいわけではないのだが、じんと胸に沁みて、悠梨は料理を口にしながら何度も外の景色に目を向けた。

もちろん、料理もとても美味しい。こちらも色鮮やかで、また悠梨の目を楽しませてくれる。つるりとした陶器の真っ白な皿の上に、真っ赤なトマトとバジルの緑、パプリカの橙色。アボカドとプロシュットの一品をフォークで取り、ひとくち含んで、思わずため息が出た。

プロシュットの塩味が効いた濃厚なアボカドに、舌が蕩けてしまう。

「はー……美味しいです、すごく」

うっとりと呟くと、砥上がくすりと笑った。

「いい店だろう。堅苦しすぎない雰囲気もいいし、気に入ってる」

きっと何気ない砥上のひとことだ。聞き流せればよかったのだが、悠梨はいらないことを言った。

「デートでよく来られるんですか？」

何度も来たことがありそうな口ぶりに、ぽんと浮かんだ脳内映像で今の悠梨のポジションにいるのは、黒髪ロングの女性だった。

しかし、砥上に呆れたような苦笑いをされてしまった。

「こういったシチュエーションで、過去の女のことを聞きたいものか？」

無粋だと言いたいらしい。別にそんなつもりで聞き出そうとしたわけじゃないのに、と拗ねたように悠梨の唇は尖ってしまう。

「仕方ないじゃないですか。女性連れの方が自然でしょう？」

そう言って、店内に視線を巡らせる。女性が圧倒的に多いし、男性がいてもやはりカップルだ。

砥上も同じように店内を見回して、今初めて納得したように頷く。

「確かに、そうだな」

「でしょう？　女性が好きそうな雰囲気で、景色も綺麗。ロマンティックなシチュエーションで、どう考えてもデート向きです」

そしてやっぱり、砥上が以前来たときの相手も女性の姿しか思い浮かばない。

砥上は店内から悠梨に視線を戻す。それから何かを思い出したのか、急に肩を揺らして笑いだした。

「悠梨の言う通り、男同士では浮いていただろうな」

「え？」

「高柳と何度か来た。この先の県境の土地に用があったときに」

「……あ！」

砥上と高柳は、年に何度かリゾート施設向けの土地を視察しに出かけている。そのときのことだろうと納得し、次の瞬間には悠梨もおかしくなった。

この女性客とカップル客ばかりの店に、砥上と高柳。浮いたというよりも、さぞや注目の的だったろう。背の高い、いかにも極上のオーラをまとったイケメンふたり。

「……絶対、周りから浮いていましたね」

「かもしれないな。いまさら人の視線なんて気にしないから覚えてないが」

女性の目はきっと釘付けになっていただろうし、そんな中でマイペースに会話していたのだろう砥上と高柳の様子が目に浮かぶ。

「ふふっ……あはは」

「そんなにおかしいか？」

「だって。社長と高柳様ってほんと仲がいいですよね」

普通、こんな店に男性ふたりで入るだろうか？

食事の手を止めて口元を押さえて笑っていると、砥上も同じように手を止めて悠梨を見つめる。

それから、ふっと口元を綻ばせた。

「力が抜けたようでよかった」

「え？」

「朝、迎えに行ってからずっとガチガチになっているか、恐縮しているかのどっちかだったからな」

そう言われて、自分が最初よりも少し肩の力が抜けていることに気が付いた。

「恐縮は今もしてます。こんなエスコート、分不相応ですし」

「そういうのをやめろと言っている。素直に楽しめ、社会勉強だと思って」

なるほど、確かに。社会勉強……と言えなくもない。

「そう言われると、ちょっと気が楽になりました」

すると、砥上の目が少し見開かれ、次の瞬間にはこらえきれなかったように前屈みになって笑い始めた。

「な、なんですか、急に」

なぜかはわからないが、笑われているのは自分だ。

「いや、勉強と言われて気が楽になるって……悠梨らしいな、と」

どうやら砥上の笑いのツボにハマったらしい。そこから抜け出せなくて砥上は食事が進まず、拗ねた悠梨が憮然とした表情でそっぽを向くまで、しばらく笑い続けていた。


レストランを出て、車は置いたまま砥上に手を取られて遊歩道を歩く。風に揺れるコスモスを見ながらゆったりとした時間を過ごす。レストランで砥上に散々笑われたおかげか緊張もなくなり、悠梨も少しは砥上のエスコートに慣れてきた。

「この先に、プラネタリウムがあるらしい」

「え、行きたいです！」

砥上の言葉に、悠梨は思わず弾んだ声を上げる。彼は頷いて悠梨の手を引き誘導した。

「思いつきで言ったんだが、好きそうでよかった」

「高校では天体部だったので、なんだか懐かしくて……あ、もしかして、どこか他の場所に行く予定でした？」

「いいや。それより、悠梨の好きなものが知れるのは嬉しい。君の話が聞きたいんだ。星に詳しいなら、解説も頼めるか？」

「……恥ずかしながら、不真面目な部員だったので。どちらかというと、星が好きというより天体部の活動に惹かれて入ったものだから……」

悠梨は、少し恥ずかしくなって肩を竦めた。星が好きか嫌いかといえば好きな方だが、天体部に入った理由は少しばかり不純な動機だったのだ。

「ほら、高校生の頃とか、夜に出歩いたりすることにちょっとだけ、特別な気分になるじゃないですか。夏の花火大会や、お祭りみたいな」

部活を決める際、特にやりたいことが見つからなくて迷っていた悠梨は、友人に天体部に誘われた。なんとなく説明会を見に行って、天体観測会や合宿というワードに惹かれ、楽しそうだと思ってしまった。

悠梨は、少し真面目過ぎるところがあり両親からの信頼も厚かった。友達に夜遊びに誘われても行くことはなかったし、勉強もコツコツがんばるタイプで成績もいい。

そういうことに一切興味がなかったわけではない。けれど、夜にただ無意味に遊び歩きたいというのも、また違った。少しだけ、これまでの枠から外れたことをしてみたくて、それに天体部の活動はぴたりと当てはまっているように、その頃の悠梨には思えた。

「けどですね、実は、なかなか思った通りにはいかなくて」

「ふうん?」

「天体部の活動って、いちいち学校や親に許可を取らないといけないことが多くて、実際にはほとんど映像や本を見るしかできなかったんですよね。数少ない活動日に限って雨が降ったり、許可が下りなかったり。部活の先輩で、天体望遠鏡を家で持ってる人がいたんですけど、今夜は天気が良さそうだから集まろうと思っても、顧問の先生を通したり、いちいち許可がいるんです。まあ結局、友達同士のお泊まりって感じで、部活動の枠外で集まりましたけど」

それでも、思い出は懐かしい。つい夢中になって話してしまって、しかし砥上はちゃんと耳を傾けてくれていた。くすくす笑いながら相槌を打ってくれる。

「なるほど、不純だが可愛らしい動機だ」

「あ、でも、普通の人よりはちょっとくらいは、解説できます。けどプラネタリウムで流れるアナウンスの方が断然正確で、わかりやすいと思いますけど」

話しながら歩いていると、少し先に白いドームのような建物が見えてくる。それがプラネタリウムのようだ。

休日ということもあり、それなりに人は多い。しかし、それほど待たずに入ることができた。

映画館のような内装だが、半円形に客席シートが並んでいる。後部の方に、ふたつずつに区切られたカップルシートがあり、そのひとつに並んで座った。

「あ、どうしよう、懐かしい」

シートにもたれて天井を見上げながら、心が浮き立つのがわかる。

思えば、こんな風にゆったりと充実した休日を過ごすのは久しぶりだ。また月曜から仕事だと思えば、いつもつい家でだらだらとして時間を消費してしまう。

決して、月曜から仕事が始まるのが憂鬱(ゆううつ)なわけではないのだが。

「ありがとうございます、社長。なんだかとても、楽しいです」

会場内の照明がゆっくりと落とされ、暗くなっていく。シートが自動で傾き、天井を見上げる形になった。

始まる、と思ったとき、ひじ掛けに置いていた悠梨の手に砥上の手が重なった。指を絡めて、手のひらを合わせて握られると、きしりとシートが軋む音がした。

「呼び方、時々もとに戻ってる」

「ひゃっ」

真っ暗な中で、突然耳元で囁(ささや)かれた。変な悲鳴を一瞬だけ上げ、慌てて声を呑み込む。

既に、アナウンスが流れ始めている。

「……すみません、つい」

「今度間違えたら、何かペナルティでも考えるか」

不穏な提案にぎょっとしながらも、あまりぼそぼそと喋っていては周りに迷惑になる。

もう二度と間違えるまいと、心の中で砥上の名前を何度も反芻した。


投影時間は、一時間。あまり詳しくはないと思っていたが、聞いているとそれなりに学んだことが思い出されてくる。

カノープスが見たくて苦労をしたこと。先輩が何かのアニメに影響されて、天体合宿を南十字星が見える沖縄にしたいと言い出して顧問に却下されたこと。

思い出に浸りながら、真っ暗な中にいると、あとはもう、お約束の展開だった。

後半部分を、悠梨はさっぱり覚えていない。何せ、前日にほとんど眠れていなかったのだ。寝不足でプラネタリウムは無謀というものだろう。

揺り起こされてはっと目が覚めたときには、すでにドーム内は明るくなっており、目の前に笑いを堪える砥上の顔があった。

「悠梨、口元」

寝起きでぼんやりとしていたので、がばっと起き上がり、口元の涎を拭ったのは五秒ほど後だった。

「すみません、本当に」

「いや、別になんとも思っていない」

「……だったら、笑うのをもうやめていただけません？」

恨めし気に隣を睨むと、流し目でこちらを見ていた砥上の視線とかち合う。

するとまた、くっくっと喉を鳴らし、肩を震わせた。

まあ、笑われても仕方がない。あんなにはしゃいだ声を上げて懐かしいと言っていたのに、半分ほどの時間は爆睡してしまっていたのだから。

それにしても、今日の砥上は本当に笑い上戸だ。コスモス畑の間の道を、車を停めてある方へ歩いて戻りながら、彼はまだ笑っている。

「楽しそうで何よりです……」

目を眇めて砥上を睨み、悠梨はわかりやすく拗ねた。

「ああ、楽しいな。こんなに楽しいのは久しぶりだ」

目尻に涙を滲ませて笑う様子が憎らしい。けれど、砥上が自分と一緒にいて楽しそうであることは、悠梨には嬉しかった。

疑似恋愛。砥上にはっきりとそう言われているのに、勘違いしてしまいそうになる。

「私も、久しぶりです。こんなに楽しいの。……社長の恋人になる人は幸せでしょうね」

疑似ではなく心から砥上に愛され、こんな時間を過ごせるのに。砥上から離れていった恋人たちは、それでは満足できなかったのだろうか。

将来を夢見る気持ちはわかるけれど、今、傍にいられる幸せもあっただろうに、簡単にその立場を手放した彼女たちが、悠梨にはわからない。

しみじみとそう思っていると、砥上が緩やかに手を引き、道を外れた。

「どこに行くんですか？　車はあっちですが」

しかし砥上は何も言わず、人目を避けて大きな木の陰に入る。そこで、くんと手を引かれたかと思うと、悠梨は慣れないヒールで足元をよろめかせた。

「きゃ、ちょっ……」

転ぶことはなかった。砥上の両腕が、しっかりと悠梨の身体を捕らえていたからだ。

「あ、あの……」

戸惑っている間も、砥上の両腕はしっかりと悠梨の身体を抱え続け、背中で両手を組み合わせている。腕の中に閉じ込められ、悠梨は顔を上げられなくなった。

「あまり、つれないことを言わないでくれ」

「え?」

「今の恋人は悠梨で、悠梨との時間だから楽しいんだ」

抱き寄せられ、自分とは違う砥上のたくましい身体つきに悠梨はどうしようもなく、胸が苦しくなる。

「それから……悠梨。顔を上げて」

そう言われて、悠梨は無理だと頭を振った。目の前に、砥上の鎖骨が見える。それだって無理なのに、こんな抱き合った状態で顔を上げたら、これまでにないくらいの近距離で見つめ合うことになる。

しかし、砥上は引きそうにない。

「悠梨」

悠梨の頭に砥上が唇を寄せる。髪の中で、催促するように名前を呼ばれた。緊張で痛いほどに高鳴る胸を押さえながら、恐る恐る顔を上げた。

身長差がある。だから思っていたよりは、近くなかった。それでも、視界のほとんどは砥上の顔でいっぱいで、彼もまっすぐ悠梨を見おろしていた。

「ペナルティだ」

なんの、と考えて、すぐに思い出した。さっきまた、『社長』と呼んでしまったことを。

じゃあ、ペナルティは何を？

何をされるのだろう、と考えている間にも、砥上が顔を傾けて距離を縮めてくる。キスをされる、と思った。それも、指でも手の甲でもなく、このままいけば、唇に。

近づく距離に、ぎゅっと目を閉じかける。このまま流されてキスをされてしまおうかと、一瞬考えた。しかし、顔に吐息を感じた瞬間、悠梨は両手でそれを遮断してしまった。

「あ、あ、あの」

悠梨の手は、砥上の唇を塞いでいる。

「初めて、なんです。だから、唇は、嫌です」

泣きたいくらいに、恥ずかしい。この年になって、男性経験どころかキスもまだだなんて砥上は思っていなかっただろう。

だって仕方がないではないか。学生のときに好きになった人はいたけれど、残念ながら両想いにはなれなかった。就職してからは仕事を覚えるのに必死で、やっと慣れて来たかという頃に砥上の秘書になったのだから。

砥上には、知られたくなかった。けれどそれでも悠梨は、震えながら主張する。唇のファーストキスだけは、気持ちが通いあっていなければ嫌だと思ったから。

唇を悠梨の手で塞がれ、しばらく動きを止めていた砥上だったが、ふっと目を細める。それからなんと、ぺろりと悠梨の手のひらを舐めた。

「ひゃっ」

「わかった」

本当に理解してくれたのだろうか？

疑わしいほど、砥上は悠梨の手のひらに唇を寄せてくる。くすぐったさで思わず悠梨が手を引くと、砥上の手が悠梨の顎を捕らえて軽く横を向かせた。

「だ、だめって……えっ……」

キスされたのは、唇ではなく頬だ。優しく触れ、頬の柔らかさを確かめるように唇が食む。

ちゅっ、ちゅっと頬の肌を啄む(ついば)だけで、本当に唇の方はやめてくれるのだと、少しだけほっとして油断した。

「え、や、しゃちょ、んんっ……」

砥上の唇はまだ頬のままだ。ただ、顎を捕らえていた手の指が、つうっと顎のラインをなぞり、唇に触れる。隙間に指を差し入れ、薄い粘膜の内側を撫でられたとき、ぞくりと背筋が震えて足の力が抜けそうになった。

確かに唇へのキスは逃れられたのに、それ以上に恥ずかしいことをされている気がする。この状況になっている意味もわからないし、上手く力が入らない自分の身体もどうしてなのかわからない。

砥上の片腕がしっかりと悠梨の腰を抱きしめると、少し踵(かかと)が浮いて爪先立ちの状態になる。

ねっとりと頬にキスを受け続けながら、指で唇を愛撫される心地よさに甘い声が漏れた。

「あ……んんっ」

隙をついて、指先が歯の間を通り抜け、舌先に触れる。唾液で指を濡らして、指先は絶えず舌を撫でまわし、そのたび指が唇の内側を擦った。

はあっ……と身体の奥から溢れるような、熱のこもった息の音が自分の唇から零れた。

唇が、こんなに敏感なところだと、悠梨は初めて知った。

砥上の唇からは熱い吐息と少しだけ覗いた舌がぬるりと頬をなぶってくる。頬にキスされているとは思えないほどに、悠梨は恍惚として、果ては砥上の腕の中でくったりと身体の力を抜いた。

どれくらいの時間、そうしていたのだろうか。ようやく満足したらしい砥上が、悠梨の唇から指を引き抜き、頬へのキスも終わる。

「ひ、酷い。ばかっ……」

抵抗など微塵もできなくて悔しくて、悠梨は砥上の胸を叩く。もちろん、ほとんど力の入っていないその拳は、ぽふんと可愛らしい音をさせただけで砥上はびくともしなかった。

「ペナルティだと言っただろう」

酷いことを言いながらも、彼の腕は優しく悠梨を抱き留めていて、声も穏やかだ。

「……ペナルティでなければ、もうキスはしないんですね？」

「…………いや……キスは、する」

考えたような数秒の間の後、砥上は悪びれることもなくそう言った。

「じゃあペナルティは関係ないじゃないですか」

「そうだな、じゃあそれはそれで、また別に考えるか」

「いいです！　キスでいいです！　唇以外でお願いしますっ」

さらにハードルが上げられてはかなわないと、悠梨は慌ててそう言った。

ファーストキスは、守り抜いた。そのはずなのに、半分以上は侵されたような気がしてしまうのは、なぜだろうか。

第五章　二度目のペナルティ

だめだ。この事態は、まずい。全然かなわない。

デートの翌日、日曜日。悠梨は、夢のような一日を思い出してはため息を吐いていた。そしてキスの感触が蘇っては、ベッドの上で悶絶する。

昨日、木陰で、頬なのになぜか大変いかがわしく感じるキスをされた。頬にキスって言ったら普通、もっと爽やかな……それこそあのコスモス畑に似合いそうな優しいものじゃないだろうか。普通の人が想像する『頬のキス』はきっとそうだ。なのに、あの……艶かしい、キスはなんだ。砥上がすればなんでもセクシーになってしまうのだろうか。

そしてやっぱり、頬でも男性にされるのは『ファーストキス』に違いなかった悠梨なのに、まったく嫌じゃなかった。きっとあのまま、砥上が約束を破って唇にキスを仕掛けていたら、受け入れてしまったのじゃないかと思う。そのくらい、酔わされてしまった。

しかし、悠梨が戸惑うほどに触れ合いやキスに積極的な砥上だったが、その後は意外にも夕方の明るいうちに家まで送ってくれた。

『あまり最初から飛ばし過ぎて怯えられるのも困るからな』

そう言い残して、今度は頬に極々普通のキスを残し、帰っていったのだった。

嬉しい。本当に幸せな一日だった。夕方に帰されたのは少し寂しいような気もしたが、それくらいできっとちょうどいい。物足りないくらいが余計に、思慕を募らせていて……そこではたと、頭を抱えた。

自分は一体、何のために、この状況に持ち込んだのだ。砥上の好みの女性になって、砥上に振り向いてもらうためだ。

自分が陥落させられてどうする。

「だめだ……まったく、かなわない」

惚れさせなければいけないのに惚れる一方。この現状を打破するためには、悠梨も何がしかの行動を起こさなければならない。

ただ素直に砥上のすることを受け入れているだけでは、砥上の心は手に入らないだろう。

「かといって……何をやっても太刀打ちできる気がしないし」

自分にできることは何か。会社のオフィスでできることをやっていては、だめだ。自分から、上司と部下という関係の外へ踏み出せるようなことをしなくては。

ひとつだけ、思いついたことはあった。

悠梨が、この三年ずっと気になっていたことで、だが明らかに秘書としては逸脱する行動だった。いや、目覚まし代わりをしているだけでも逸脱している自覚はあるが、それ以上に外れてしまうことになる。

手作りの朝食を、用意するのは。

砥上のことを考えると、実行するべきかと思う。彼はとにかく不健康だ。外食の回数も多いから高カロリーになったり、栄養バランスも偏ってしまう。しかも朝は放っておいたら食べないので、悠梨が少しでも身体にいいように野菜が多めのサンドイッチを買ってきているのだ。

本当は、もっとちゃんとした朝食を摂ってほしい。できれば、手間暇をかけたものを。しかし、それを悠梨が用意して、出しゃばりだと思われるのを恐れる気持ちもある。

一日悩み、電話で聞いてみてもいいかもしれないと思ったが、これまで仕事の連絡しかしたことがないので、それも踏みとどまってしまった。

月曜の朝、いつものように砥上のマンションを訪れると、寝室に声をかけてからコーヒーメーカーのスイッチを入れ、トートバッグから大きめのタッパーを取り出した。

いつも用意しなければ食べない砥上が、がっつり和定食のようなものを朝から食べられるかどうかもわからない。キッチンを無断で使うのも気が引ける。

そこで悠梨は、いつもはパン屋で買ってきているサンドイッチを自分で作って持ってくることにした。

たくさんご馳走になり、服まで買ってもらってしまったお礼、という名目だ。まったく金額が届いていないが、もし嫌がる素振りがなければこれからも作ればいい。

皿だけ借りて、タッパーからラップに包んだサンドイッチを出して並べる。具はトマトとアスパラの入ったスパニッシュオムレツと、定番のハムとチーズ、キュウリだ。

スープも作ってみようかとか、結局朝になっても色々悩んでいたが、今日はいつものサンドイッチを手作りに変えるだけにしておいた。

コーヒーの準備もできたところで、砥上がいつもどおりダイニングに入ってくる。挨拶を交わして彼がダイニングの椅子に座り、すぐに気が付いたようだ。

「……手作り？」

「はい。あの……とても、味は及ばないんですが。土曜にたくさん、ご馳走になったのでせめてお礼に」

喜んでくれるか、口に合うかどうかもわからない。緊張しながら砥上の表情を窺っていると、彼はぱっと嬉しそうな笑みを浮かべた。

「手作りなんて随分久しぶりだな」

「そうなんですか？」

これまでの恋人には、食事を作ってもらったりしなかったのだろうか。

疑問が顔に出ていたのか、もしくは悠梨が何を気にしているのかを単に察したのか、砥上が言った。

「これまで、付き合っても彼女の家にまで行くことはあまりなかったからな。この部屋に上げたこともないし」

これには、驚いた。

「じゃあ、ずっと外で会ってたってことですか？」

「そうだな。レストランを予約した方が女性も喜ぶし」

本当にそうだろうか？　これまでの女性が結婚を望んだのなら、家庭的な部分を見せようとはしなかったのか。砥上がそれを、受け入れなかっただけかもしれない。

「あの、余計なことでしたら、私ももうしません」

「いや。美味そうだ、ちょっと待ってくれ」

まずは味見がしたいということだろうか。ひとつ手に取って、一口かじりつく。その後は、あっという間に彼は平らげてしまった。

「悠梨は料理上手だな」

砥上が、『悠梨』と呼んだ。

この朝の時間は、これまで悠梨としては業務の一環でもあったが、今はその判断に迷っていた。彼が悠梨を下の名前で呼んだということは、プライベートの時間だと思っていいということか。

「サンドイッチですから、料理というほどのものでもないですよ」

「ほかには？　何か作れるのか」

「まあ……ずっとひとり暮らしで自炊していますので。それほど凝った料理はできませんが」

答えながら、悠梨は驚いていた。というか、このところの砥上にはずっと驚かされっぱなしだが、とにかくまた驚いていた。

砥上が悠梨の手料理に興味を持ったら、上手く「ほかにも作りましょうか」という流れに会話を持っていけたらとは考えたが、そう簡単にはいかないだろうと思っていたのだ。それなのに。

「和食は？」

目を輝かせて、見事に食いついてきた。

「……作れます。あの、明日の朝食はそれでは、和食にしましょうか？」

「悠梨が手間じゃないのなら。キッチンは好きに使っていい」

「いいんですか？」

「かまわない。俺は湯を沸かすぐらいしか使わないしな」

そうでしょうとも、油汚れも一切ない、新品のようなキッチンを見ればわかる。初めてまともに使うのが悠梨でいいんだろうか。少し迷ったが、砥上の顔を見ていれば嫌がっている様子はない。

寧ろ本気で期待されている気がする。

「じゃあ、明日……作ります」

一時的な恋人だから。一時的に許されるだけ。

そうわかっていても、やっぱり嬉しい。緩んでしまう口元を隠して俯いた。

デートをきっかけに、砥上との関係は今までと違うものに変わった。仕事中は、秘書として接しており何も変わらないが、それ以外の時間、砥上は悠梨を恋人として扱った。

それ以外の時間とは、主に朝の時間だ。仕事の後は、砥上の休息優先なのであの日のように飲みに行くことは基本ない。

朝、悠梨が部屋を訪れると、砥上は自分で起きて待っているようになった。苦手な朝を克服するくらい、手作りの朝食が楽しみらしいが、そんな単純なことで、と悠梨としては複雑だ。この三年はなんだったんだと悠梨は言いたい。

そして、朝食を悠梨が作っているのに自分だけ食べるのは嫌だからと、これからは一緒に食べるよう砥上が言った。

この時間は『悠梨』と下の名前で呼ぶ。時々、隙をついて、頬や手にキスをする。本当に、ふたりだけでいる時間は恋人のようだ。最初は羞恥心や照れくささがあったが、悠梨も段々とその空気に慣れて緊張しすぎることもなくなった。

多分こういう経験が悠梨には必要なのだろう。砥上が疑似恋愛をしようと言い出したわけが、少し実感としてわかった。

ただ、これで色気が備わってきているのかどうかは、悠梨自身では判断しがたい。砥上に『私、色気出てきましたか』とも聞きづらい。

「悠梨」

「わっ……なんですか？　砥上さん、濡れちゃいますよ」

朝食の後、汚れた食器を軽く水洗いして食洗機に入れていると、突然背後から抱きしめられた。砥上は、こういう風にうしろから抱きしめるのが好きらしい。

少しは慣れてきていても、ドキドキしないわけではない。

「明日はどうする？」

「えっと……」

明日は、また土曜日だ。デートをしようという意味だろうか？

もしもそうなら、会えるのは嬉しい。しかし、もうあんな風にお金を使わせてしまうのは申し訳ない。どう返事をしたものか、悠梨は迷った。

「暇は、暇ですが」

「そうか。じゃあ、明日はここで会わないか」

つまりそれは、『おうちデート』というものだろうか。

それなら、と遠慮なく頷いた。

「じゃあ、またお料理の材料を持ってきます」

最後のお皿を食洗機に入れて、手を洗う。顔だけ振り向くと、砥上が少し複雑な表情で悠梨を見ていた。

「……無防備だな」

「はい？」

「いや。なんでもない」

砥上が抱きしめていた腕を解き、ぽんと悠梨の頭を撫でていく。

「片付けは終わりそうか？　そろそろ出勤の時間だぞ、朝羽」

名字で呼ばれて、はっと壁の時計に目を向ける。

「終わりました。先に出させていただきます、社長」

砥上は恋愛モードではとびきり甘いが、切り替えは早い。悠梨もきりっと表情を引き締めたが、頭の中は『おうちデート』でいっぱいになってしまった。

ホテル東都グランデ東京のスイートルームに砥上と共に訪れる。総支配人の高柳ともうひとり、年配の男性が迎えてくれた。悠梨も、これまでに何度も会って話したことがある、高柳の秘書だ。物静かな人だが、実は怒るととても怖いのだと以前に高柳がふざけて話していた。

広々としたリビングルームのような空間に、円いテーブルが用意され、サンドイッチやオードブルなどの軽食、飾り切りしたフルーツなどが載せられている。

とりあえず食事は後にと、砥上と高柳はソファに腰かけ、話を始めた。

現在、砥上と高柳との間で、沖縄のホテル東都グランデリゾートの計画が進められている。今日はそのことで相談があると、高柳に昼食を兼ねて呼び出されたのだ。

進行中の計画とは、現在のホテルを本館として、リーズナブルな価格設定の別館を新設するというものだ。しかし、その拡大された敷地に関して、地元住民への対応に少々てこずっているらしい。

土地の現所有者とは話がついているはずなのだが、周辺住民から不安の声がホテル東都グランデに届いている。そのため、説明会を何度か繰り返しているのだが、これといった進展が見られないらしい。

「……わかった、俺が行く」

「そうしてくれると助かるな。砥上が顔出すだけで態度が軟化する連中がいるんだよ、腹立たしいことに。虎の威を貸してくれ」

「高くつくからな」

砥上と高柳が話をするときは、内容が仕事でも少し砕けた言葉遣いになる。

「次の説明会はいつだ？」

「明日の午前中」

砥上の質問に高柳がさらりと答える。急な話に、砥上は目を細めてうんざりとした顔をした。

沖縄出張の予定を組むためにタブレットを操作していた悠梨の手も、一瞬止まる。明日の土曜は『おうちデート』の予定だ。

けれど、頭の中を掠めたそれはすぐに掻き消して、飛行機の時間を調べ始める。砥上は出張を優先するに決まっているし、そうさせるのが秘書の務めだ。

「別に、明日いきなりじゃなくても構わないけどね。おそらくまだ回数を重ねることになるだろうし」

さすがにいきなり『明日』は無理があったと思ったのだろう。高柳がそう付け足したが、砥上は「いや」と首を振った。

「早い方がいいだろう。朝羽」

もちろん砥上がそう判断することをわかっていた悠梨は、名前を呼ばれたときには飛行機の時間とスケジュールの確認をすでに終えていた。

「この後、夕方以降のスケジュールは調整可能です。朝早くの飛行機よりは今夜の便にして、あちらで一泊されますか？」

「それで頼む」

その方がいいだろう。説明会が長くなる可能性もあるし、帰りの飛行機も夕方頃のものにしておくべきか。

タブレットの操作をしていると、砥上のスマートフォンに着信があった。

「少し外す」

砥上がそう言って部屋を出ていく。高柳がひらひらと手を振って見送りながら、悠梨に言った。

「宿泊は東都グランデの部屋を取っとくよ」

「それはありがとうございます」

行きの飛行機は押さえた。帰りは、念のため砥上に時間を確認してから取ることにして、一旦保留にして画面を閉じる。

……今日は、午後の隙間時間に少し休んでもらえるようにしてあったけど、早めに仕事を切り上げて飛んでもらわないといけないので、砥上には頑張って書類仕事を捌いて行ってもらおう。

スケジュールを頭の中で組みなおして、よしと顔を上げる。すると、高柳が膝で頬杖を突きながら、悠梨を見て意味ありげに笑っていた。

「……あの、何か？」

「いや。単刀直入に聞くけど……聞いていい？」

「はい？　私でお答えできることでしたら」

何を、だろう？

見当がつかず、首を傾げた。高柳は、何やら両手の指を絡ませながらそわそわとしていて……いや、これはわくわくという類いだろうか。

「もしかして、砥上と上手くいった？」

とにかく楽しそうな表情でそう聞かれ、悠梨は数秒、きょとんとして固まった。

上手く……って。この顔は間違いなく、仕事以外のことを聞いているよね？

どうして高柳にそんなことを、興味津々の顔で探られなければいけないのか。とにかくここは、あくまで秘書の顔で返さなくてはならない。

「……砥上とは、常によい関係を築けていると自負しておりますが」

澄ました顔でそう言ったが、じわじわと熱くなる顔はどうしても止めることができなかった。

「そういうことじゃなくってさ、わかってるくせに」

「何にもわかりません」

「砥上が悠梨ちゃんみたいなタイプに手を出すとは思わなかったなあ」

「どうして手を出した前提なんですか⁉」

あまりにも決定事項のように言われるので、悠梨は焦りを隠せず上擦った声をあげてしまった。

本当に手を出してくれたなら嬉しいところだが、残念ながら『疑似恋愛』だ。

それに、たとえ本物の恋になっていたとしても、砥上の立場を考えると、おいそれと認めるわけにはいかないのだ。

「どうしてって、こないだから、なんか悠梨ちゃんの雰囲気がどんどん変わっていくっていうか……女性が変わるっていえば理由は男しかないしね」

高柳は、確信を持ってしまっているようだが、正解と不正解、半分半分だ。相手は砥上で間違いないが、恋愛感情があるのは悠梨だけだ。

「もう、冗談はやめてください。その理由が男性だとしても、どうして相手が砥上なんですか」

赤くなるな、と自分の顔に念じながら、呆れたふりでタブレットを無意味に弄る。仕事の作業をしているように見せて誤魔化すためだ。

しかし、そんなことでは高柳はこの話題を変えるつもりはないようだ。悠梨の気持ちなど、高柳は知る由もないはずなのに。

「だって悠梨ちゃん、あいつが好きだろ？」

ずばりと当てられて動転した悠梨の手から、ごとんとタブレットが床に滑り落ちた。

「なっ、なん、なんのことで」

「あははは、やっぱりそうだった！」

どうやらカマをかけられたらしい。慌てふためいてタブレットを拾い上げる悠梨を見て、高柳は確信を深めてしまった。

「ち、違います、そんなことは」

どうしよう、砥上に迷惑をかけてしまわないだろうか。そう思うと、真っ赤だった顔が今度は血の気が引いて青くなる。そんな悠梨を見かねてか、これまでずっと黙っていた高柳の秘書、池田がコホンと咳払いをした。

「社長……朝羽さんを困らせては可哀想です」

「別に困らせてはいないぞ。俺は断然、悠梨ちゃんを応援する派だから」

「あの、お願いですから、もう。高柳様が期待しているような関係には全然、なっておりませんので！」

毅然（きぜん）とした態度でそう断言する。しかし散々慌てた後では、いまいち説得力がないようで、高柳はまだ疑うような視線を向ける。

「ええー……そうなの？」

「そうなんです。どうしてそんなに砥上の交遊関係を知りたがるんですか、もう」

「いや、砥上のっていうより、砥上が珍しくタイプじゃないのに手を出した、ってのが気になって」

「だから、なんで手を出した前提なんですかって」

じっと悠梨の顔を観察する高柳に、かあっと顔が熱くなる。これではすぐにバレてしまう。

しかし、ちょうどよいタイミングでインターフォンが鳴った。池田がドアを開けに行き、砥上が戻って来た。

砥上の顔が見えたとき、これで高柳の口撃から逃れられると、悠梨は心底ほっとする。そんな悠梨の表情を見て、砥上が一瞬、眉を顰（ひそ）めた。

「朝羽？　どうかしたか」

「いいえ。何も。ちょっと世間話をさせていただいただけです。それより、お食事をお取り分けしてよろしいですか？　お時間もあまりないことですし」

にやにやと嫌な笑いを浮かべる高柳を睨みながら、悠梨は強引に話を逸らすことにした。

スイートルームを出てホテルのエントランスまで降りると車がすでに待機していた。運転手が後部シートのドアを開け、砥上に続いて悠梨も乗り込む。じきに、車は会社に向かって走りだした。

「スケジュールの調整は済みました。何かご入用のものはございますか？　準備しておきますが」

「いや、大丈夫だ」

砥上は、悠梨の方を見ず、窓の外を眺めていた。隣に座っている悠梨から表情は窺（うかが）えないが、何か機嫌が悪いように感じた。

沖縄、行きたくないのだろうか。仕事で理不尽に機嫌が悪くなるのは珍しいんだけど……

首を傾げた。しかし、行きたくないと言われても行ってもらわねば困るのだ。なので、敢えてスルーすることにした。

「それと、行きの飛行機の手配も済ませました。明日のお戻りの便は何時頃になさいますか。説明会が終わるのが正午と考えれば、十四時台の飛行機にされるか……少しあちらで休まれてからゆっくりとお帰りになるのでしたら、夜の便もまだあります」

たまには、リゾート地で身体も心も休ませるのもいいかもしれない、と提案してみた。ただ、会社の経費になるので、用もないのにもう一泊、などというわけにはいかない。ホテル東都グランデ側が部屋を用意してくれるとはいえ、社会的地位の高い者はできるだけ疑いを呼ぶ行動はしない方がいい。

「いや。十四時の便でいい」

「そうですか？」

タブレットを見ていた視線を上げ、隣の砥上を見る。ぴくっと微かに悠梨の肩が揺れた。車に乗ってからずっと外を見ていたはずの砥上が、悠梨をじっと見ていたからだ。

「……あの、では、それで手配します」

「ああ、頼む」

感情の見えない表情で見つめられ、悠梨の心は落ち着かなくなる。ふたたびタブレットに視線を戻して俯くと、少ししてから顔の右側が温かいような気がした。

砥上の顔が、静かに悠梨の耳元に寄せられ、その吐息が肌を温めている。気付くと、固まったように動けなくなる。

「夕方には戻れるだろうから、部屋で待っていろ」

運転手には聞こえないように、耳元で囁（ささや）かれた声に身体が震える。吐息の後に、微かに唇が耳の縁を掠めた。

ぞく、として変な声が出そうになって、慌てて手で口元を隠す。

砥上は仕事に私情を持ち込んだことはない。何か予定があっても当然のように仕事が最優先で、もう明日の約束のことなど忘れているだろうと思っていた。残念に思ったのは、悠梨だけだと思っていたのに。

嬉しくて、だけど声が出ずに悠梨は小さく頷いた。

勤務中に、砥上が仕事に無関係なことに気を割いた、初めてのことだった。


自分にだって好きな人くらいいる、と宣言してしまったとき、多少なりとも『気付いてほしい』という下心もあったように思う。堅物な秘書だって女だということに。社長と秘書の関係であるために恋心を隠し続ける理性的な自分の裏に、全部壊してでも知らしめてみたい自分が隠れていた。

酔って思考力を奪われたそのときに、そんな自分の本心がぽろりと零れてしまった。いつまでも関係が進展しないまま、砥上にまた新たな恋人が現れるのを待つのは怖い。

多分それが、あの失言だった。自分を追い込むきっかけを、無意識に作ったのかもしれなかった。

そうして、砥上本人に彼の好みのタイプを教えてもらうという、近づいたのか遠ざかったのかよくわからない状況に陥ったわけだが。

少しは、足りない色気が補えているのだろうか。

高柳が、すぐに悠梨の変化に気が付いたのには驚いた。つまり、第三者が気付くくらいには自分は変われているということか。

……けれど、砥上に認めてもらえなければ、意味はない。

土曜の昼過ぎ、悠梨はスーパーで買い物をすませ、砥上の部屋に向かっていた。彼を起こすようになってから預かっているカードキーを、こんな風に使うのは初めてだ。

嬉しい、と感じると同時に、切なさもある。このカードキーは、砥上と本当の恋人になれなかったときには、返さなければいけないだろう。

今までは気付かなかったが、砥上に恋人がいたら秘書が自分の恋人の部屋の鍵を持っているなんて、嫌に決まっている。彼は、これまで恋人を部屋に連れて来たことはないと言っていたが、それでも知れば不快だろう。かりそめではあるが、砥上に恋人のように扱ってもらって初めて理解した。自分なら、嫌だ。

そのときは、綺麗さっぱり諦めて、朝起こしに行くこともやめる。そう決めた。だが今は、こうして許されるうちは、砥上を振り向かせるために使えるものは何でも使おうと思う。

たとえ手作り料理で胃袋を掴もうなんて、使い古された戦法でも。使い古された、ということはつまり、過去にそれだけ効果が認められた作戦だからなのだ。

「もうそろそろ、かな」

今日作る、夕食のメニューを悠梨はめちゃくちゃに悩んだ。悠梨は、特別料理が上手いわけではないが、共働きの両親のもとで育った長女だったので、母親の代わりに夕食を作る機会は多かった。なので、レパートリーには困らない。

それでも、肉ジャガや筑前煮のようないかにも和食といったメニューでは、男ウケを狙いすぎてあざといと思われないだろうか、とか思い悩む。かといってカレーだとかオムライスだとか、子供向けメニューもどうかと思う。ハンバーグも子供向けだろうか？

気合を入れ過ぎても、何か恥ずかしい気がするし、質素過ぎて残念な顔をされるのも嫌だ。

スーパーを小一時間ほど彷徨(さまよ)った挙句に決めたメニューが、和風ロールキャベツだった。あとはサラダと味噌汁で野菜をたっぷり使い、身体にもよい献立になっている。

サラダはボウルに盛って先にテーブルに置き、ロールキャベツと味噌汁は温めるだけと準備万端整えて、時計を見た。十七時半を過ぎている。そろそろ砥上が帰ってくる頃合いか、と思っていたらちょうど玄関ドアが開く音がした。

「お、おかえりなさい」

オフィスでは、出張から戻った砥上に「おかえりなさいませ」と言って出迎えることくらいはあったが、場所が砥上の自宅であることと就業時間外というだけで、随分意味合いが違うような気がした。

リビングに入ってきた砥上は、力が抜けたような、もしくは少し呆れたような表情を浮かべていた。

「……ほんとにいたな」

たった一言で、胸に針で刺されたような鋭い痛みが走る。

「あ……来ない方がよかったですか」

部屋で待っていろと言ったのは、彼の方なのに。砥上が何を考えているのか、悠梨にはわからない。真に受けた自分が馬鹿だったのか。

砥上に、朝ご飯だけでなく少し手の込んだ料理を食べてもらえる。砥上の部屋で、彼の帰りを待てることにはしゃぎ過ぎたかと、笑って誤魔化そうとしたが失敗した。

上手く笑えなかった悠梨を見て何を察したか、砥上が慌てて言いつくろった。

「いや、そうじゃなくて」

スーツの上着を脱いでソファの背もたれに引っ掛けると、リビングで突っ立っている悠梨の傍まで近寄る。

「迷惑なんじゃない。待っていろと言ったのは俺だ。ただ、本当に来るかどうかは半信半疑だった」

真正面に立ち、見下ろされる。もうすっかりなじんだまとめ髪のおくれ毛を、砥上の指が掬(すく)い取った。

指先が、悠梨の首筋の肌を掠めていく。

「来ますよ、約束しましたから」

「……そういうことじゃないんだがな」

「どういう意味ですか？」

やっぱり砥上が何を言いたいのか、悠梨にはわからない。困惑しながら彼を見上げた。砥上は、ふっと苦笑いを浮かべると、おくれ毛を遊んでいた手で急に悠梨の首のうしろを捕らえて引き寄せる。

「先に食事にしよう。後でゆっくり教えるよ」

まるで子供をあやすように額に口づけた砥上は、料理の匂いを辿るようにキッチンへと入っていく。

こんな風に砥上にあしらわれると、悠梨は自分が前進しているのか後退しているのかわからなくなる。

砥上に似合う、砥上が心を揺らす女になりたいのに、追いつかない。さっきみたいな言葉にいちいち傷つくのも、大人の反応とは言えなかったかもしれない。

「美味そうだな。温めていいか？」

キッチンから、砥上の声がする。そうだ、まずは疲れて帰ってきた彼に、食事を。

「今温めます。ロールキャベツ好きですか？」

気付かれないように頭を振って気持ちを切り替え、悠梨もキッチンに向かった。

砥上は、好き嫌いはあまりないようで、いつも残さず綺麗に食べてくれる。

シチュー皿にふたつ並べたロールキャベツに箸を入れると、ふわりと柔らかくひとくちサイズに分断された。

崩れそうで崩れない、絶妙に柔らかな仕上がりに満足していると、砥上が驚いたような声を上げた。

「美味い」

たったひとことだが、綻(ほころ)んだ砥上の表情がそれ以上に物語っている。

「よかったです。まだあるので、たくさん食べてください」

ほっとして、自然と口元が緩む。砥上はあっという間に皿を空にすると、鍋に残っていたものまで綺麗に平らげてくれた。

食事を済ませて食器を下げていると、砥上も一緒にキッチンに入って来る。

「片付けは俺がやろう」

「えっ？　いえ、そんな、私がやります！」

驚いてそう言ったが、砥上は構わずシャツを腕まくりして流し台に立った。

「いいから、ソファに座ってろ。これくらい俺にもできる」

「でも」

「座ってろ」

「……そうですか？」

少々不安も残る。何せ、これまで未使用で新品のごとく美しかったキッチンだ。つまり砥上がほとんど使っていなかったということだ。食洗機だって、入れる前にある程度の汚れを落とさなければいけないし、皿の入れ方にもコツがある。

「汚れは水で洗い流してから、食器と食器が触れないように入れてくださいね。あんまり詰めすぎるとダメですよ。食器用の中性洗剤じゃなくて、食洗機用のものを……」

「悠梨……馬鹿にしてるのか？」

だって、朝だっていつも片付けてるのは私ですし……と反論しかけてじろりと睨まれ、悠梨は首を竦めた。

「座ってます……」

仕方なく、リビングまで行ってソファに腰を下ろした。普段、逆の立場なだけに、妙にそわそわして落ち着かない。

きょろきょろとテレビ周辺を見渡していて、見慣れない本が並んでいるのを見つけた。

「あれ……これ」

少なくとも、これまでこのリビングにはなかったはずだ。『星空の見方』『夜空ガイドブック』『天体観測入門』と背表紙には書かれている。

……もしかしなくても、プラネタリウムに行ったからかな？

立ち上がって、その中のひとつ『星空の見方』という本を手に取り、ふたたびソファに腰を下ろす。捲ると、季節ごとに見られる星座の写真や探し方、それにまつわる神話まで書かれていた。

そうだ、そういえば、天体よりも星座の神話にやたら詳しい子も部員にいた。

懐かしく思いながら、一ページずつゆっくり捲っていると、夢中になってしまい砥上が食器を洗う水音が止まっていることに気付かなかった。

「悠梨が天体部にいたって聞いて、ちょっと知りたくなってね。つい買ってしまった」

砥上のそんな言葉と同時に、ソファが揺れる。悠梨の隣に砥上が腰を下ろしたのだ。

「それで三冊も？　言ってくださったら家にある本を持ってきたのに」

「ちょっと詳しくなっておいて驚かせようと思って。まあ、結局ゆっくり見れていなかったんだけどな」

砥上が隣から、一緒に本を覗き込む。斜め上からの吐息が頬を擽って、意識が散って本に集中できなくなった。いつのまにか、ろくに見ないで早くページを捲りすぎていたらしい。

「待った、今のページ」

「え？」

「これ、聞いたことあったな」

砥上の手が一ページ前に戻すと、そこには流星群の写真が載っていた。

「あ、しし座流星群。何十年かごとに大出現するんですよね、確か。前はいつだったかな……」

「毎年同じ時期に見られるものじゃないんだな」

「安定して毎年見られる三大流星群もありますよ。ほかは、見られる場所が日本じゃなかったり、日本だったとしても時間帯が昼になったりもあるし……その年によって違ってて」

そういえば、流星群を見る合宿をした。あれはなんの流星群だったか。懐かしくなって、流星群の名前を幾つか辿ったが、はっきりとは思い出せなかった。

「ああ、だから、しし座流星群で騒いだのはあの年だけだったのか」

「そうです、多分翌年はそれほどいい条件じゃなかったはず。色々あるんですよ、同じ日本でも北と南では見られる星座が違うことも。南十字星が沖縄か小笠原諸島でしか見られなくて、それを理由にみんなで沖縄旅行に行こうと部員の間では盛り上がったんですが、学校の許可が下りなかったのもよい思い出です」

「ははっ、残念だったな」

「合宿っていう名目にしたんですけどね、ちゃんと」

「卒業してからは行かなかった？」

「天体部の友人は大学もバラバラになっちゃって、社会人になったら忙しくなって会う機会もめっきり減ったので……会っても思い出話ばかりで実際に行こうという話はなかなか。結局、高校の部活動という制限されている環境でだから、見てみたかったのかもしれませんね」

「そういうものか」

「星が見えそうな夜に、星座を探してしまうクセはありますけどね、そのくらいです。あ、でも純粋に、南十字星は一度見てみたかったかな」

「じゃあ、次の沖縄出張にはついて来るか？」

「えっ！　また向かわれるんですか」

思わず期待に目を見開いて、隣を見上げる。砥上の表情は、とても優しく悠梨を見つめていた。

「ん？」

「え……あ、でも……」

ずっとその目で見つめられていたいと思う。だけど、溶けてしまいそうだ。

「公私混同はいけません。今までどおり、おひとりで行ってください」

悠梨が遠方の出張に同行することは、滅多にない。南十字星を見たいという理由だけでついて行くなんてことはしたくなかった。

「つれないな」

「そういう問題ではありません」

軽口を言い合って、また本に視線を戻す。いつのまにか緊張が解れていたようだ。しかし、砥上の片腕が悠梨の背中に回り、ふたたび身体はその緊張を思い出す。反対側から回り込んだ砥上の手が、本を持つ悠梨の手に重なった。

砥上の片腕が包み込むように悠梨の身体を抱き寄せ、膝の上の本を覗き込んでいる。

そのぴたりと密着した状況に、また頭が働かなくなった。

近すぎない？　これは近すぎない？　それとも恋人同士の距離感とはこんなもの？

混乱する悠梨をよそに、砥上はいかにもこれが普通だという雰囲気だ。普通に、本のページをゆっくりと捲る。

「ほかには？」

「えっ？」

「もっと聞きたい」

黙り込んでしまった悠梨に、もっと話せと催促する。

「あ、でも、それほど詳しいわけじゃなくて……私の知っていることは、普通に本に載っている程度のことなんで、もしよかったら後でゆっくり読んでください」

この状況から脱出したい。寄り添った身体から、服越しなのに体温まで伝わってきて、落ち着いて星の本など見ていられない。

しかし、そんな悠梨の精神状況をわかっているのかいないのか、砥上は平然としたものだった。

「別に星の知識が欲しいわけじゃない。どちらかといえば、悠梨の話が聞きたい」

「私の？　天体部の思い出ってことですか……」

密着したこの現状を意識しすぎないためにも、悠梨は高校生の頃の思い出に意識を向ける。

「部員も少数だったし、とにかく仲がよかったですね。だから特別なことはできなくても、学校にある天体のスライド映像を見てるだけでも楽しかったし」

「部活動なんてそんなものかもしれないな」

「そうですか？　うちの運動部は結構、強豪が多くて。レギュラー争いなんかで殺伐としたイメージで、だから余計に文化部全体がのんびりしているように思えましたけど……そういえば砥上さんは？　何か部活動していたんですか」

「ああ、俺は……天体部よりマイナーかもしれない。ディベート部にいた」

「うわあ……」

「なんだその反応は」

「いえ。なんか、社長と言い合いしてもかなう気がしないのは、そのせいかなって」

余裕の顔で壇上に立つ砥上が目に浮かぶようだ。実際、砥上は話が上手い。秘書として傍にいれば、そのことを目にする機会は多い。様々な企業の経営者と渡り合う砥上は、自分よりも遥かに年配の相手とでも臆することはないし、大抵のことはいつのまにか彼の思うように話が進んでいる。

これは難しそうな相手だ、と緊張しながら聞いていても、穏やかに会話が流れ、気が付いたら結果は砥上の思惑どおりということになっている。

「俺は女性のおしゃべりの方が最強だと思うけどな」

砥上がくすりと笑いながら、静かに本を閉じた。天体から話が逸れたからだろう。

「おしゃべりとディベートは違うと思いますけど……確かに天体部でも女子は賑やかだったかな。

部室の窓から運動場が見えて、スポーツ系の部活動をよく覗いてはきゃあきゃあ言ってました。同級生の好きな子がサッカー部にいて、その子がシュートするともう大騒ぎで、楽しかった」

「悠梨は？」

「ああ、私はサッカー部ではなくて同じ天体部の先輩が好きだったので……」

と、つい要らぬ情報を提供してしまった。

砥上が、閉じた本を目の前のローテーブルに置いた。これでこの密着状態から離れられるかと、悠梨はちょっとだけほっとした。しかし、なぜか砥上の手はそのまま悠梨の腰を囲って前で両手を組み、悠梨の身体を抱き寄せている。

「へえ。どんな男？」

「どんなって……えっと、普通の。ちょっと背が高くて、天体のこととか詳しくてかっこいいなって……でも彼女がいたので……あ、あの」

「ん？」

「ちょっと、近すぎや、しませんか……」

近頃、急に抱き寄せられたりキスされたりと接触が増えて、少しずつ慣れてきていたが、こんな風にずっとくっつかれているのは初めてだった。

またカチコチに固まった悠梨の耳元に、砥上が顔を擂り寄せる。ふっと笑ったような息の音がして、砥上の声が響いた。

「……ペナルティだからな」

「えっ！　いつ？」

いつのまに、二度目のペナルティ？

また呼び間違えた？

考えている間に、悠梨の腰を抱いていた砥上の腕に力が籠る。あ、と声をもらす余裕も、抵抗する間もなかった。身体が浮いて、気付けば砥上の足の間に座り、うしろから抱きしめられていた。

いや、これは拘束といってもいいかもしれない。がっしりとお腹に回された腕のせいで、逃げることも距離を空けることもできない。

頬にされたキスのことを思い出し、一気に耳まで火照り始めた。

「あ、あの……また頬ですか。できれば他のことに」

頬に、というより唇を摩りながらのキスはやめてほしい。あれは本当に、いかがわしい。それに、まったく足腰が立たなくなってしまう。

しかし砥上は、さらに悠梨が青くなるようなことを言う。

「いいや。少しステップアップしようか」

「ペナルティにステップアップがあるんですか!?」

そんなの知らない、聞いてない。

「段階を踏むのがいいって言っただろ」

それは、どうやって好きな人を振り向かせたらいいかという話のときだ。ペナルティのことではなかったはずだ。

足をばたつかせて逃げようとしたそのとき、耳に湿った温かい吐息を感じた。びく、と動きを止めれば、耳に温かく柔らかなものが触れる。

「あ……！」

擽（くすぐ）るような優しさで、砥上の唇が耳の縁を辿る。ぞわ、と身体の中心にさざ波が広がるような感覚が起きる。これには覚えがあった。一度目のペナルティキスのときと同じだ。ただ、それよりも、ずっと熱い。

「や……ん……」

慌てて唇を閉じても、どうしたって甘ったるい声が出てしまう。砥上の唇が耳を何度も啄（ついば）んで、そのたびに出てしまいそうになる声を必死で呑み込んだ。

「悠梨」

名前と共に、熱く湿った息が耳孔（じこう）を震わせる。視界も思考も霞んでぼやけていく。

「あれから、男には会っているのか」

「え……？」

くらくらと眩暈（めまい）がしそうなほどの熱の中、懸命に頭を働かせる。その耳に、聞きたくない言葉が響いた。

「振り向かせたい男」

ずきんと胸の奥が痛んだ。こんな風に悠梨を翻弄（ほんろう）しながら、砥上は悠梨にほかに好きな男がいてもまったく平気なのだ。だからそんなことを聞けるのだ。

こんな状況を作ったのは他ならない自分なのに、砥上の体温に包まれて女性として接されることで、悠梨はいつのまにか都合よく期待していた。少しは気持ちが、自分に向いてくれているような気になっていたのだろうか。

勘違いしたらだめだ。この人が私にこんな触れ方をするのは、私がお願いしたからだ。女らしくなりたいとお願いしたから。

頭ではわかっていたはずなのに、現実を突きつけられたような気がして唇を噛みしめる。

悠梨は、小さく頷いて応えた。それはあなただ、とは言わないけれど、気付いてほしいという願望の表れだったのかもしれない。

すると、腰を抱きしめる砥上の腕が、一層強くなった。

「どうだった？」

「どう？」

「男の反応」

何と答えたものか、悩んだ。悠梨の方こそ、聞きたかった。こんな風に悠梨を扱うことで、悠梨にちゃんと変化はあるのか。砥上から見て、少しは手を出してもいいかと思うくらいには。

「……わ、からないです」

「悠梨を見ても無反応だった？」

「そう、かも……砥上さんから見て、私、少しは変わりましたか」

聞くと、砥上は悠梨の耳に唇を寄せたまま黙り込んだ。

悩んでいるのだろうか。それとも、まったく変わらないと言うのを躊躇(ためら)っているのだろうか。

少しでも、彼の目に魅力的に映るようになっていたい。

緊張と期待で、心臓が痛いほどに脈打っている。

「……そうだな。少しだけ……色っぽくなった」

最後は、耳の中に吹き込むような囁(ささや)きで、悠梨はたまらず目を閉じた。

「そ、それならよかったです」

かあっと顔が熱くなる。平静を装って答えたはずが、声は震えていた。女性らしく扱われることで変われるなんて、半分は信じていなかったし、砥上に近づくチャンスというのが半分だった。

……だけど、ペナルティのキスは、度が過ぎている。

先日の頬のキスといい、今の耳へのキスといい、指先や手にしてもらったキスとは明らかに違っていた。

これを、大人しく受けていていいのだろうか。

女扱いされるということは、こういうこと？

「だが、そいつに気付かせるにはまだ足りないみたいだな」

砥上の言葉に、悠梨は身体を震わせた。

「あ、あの。でも、段階を踏んで、って社長もおっしゃってたじゃ……ああっ！」

耳の裏に口づけられて、ぬるりと舌で撫でられた。

「ん、んっ……、ぁ……」

急に砥上の口づけは本格的に悠梨の官能を引き出し始める。裏側から耳の縁、耳孔、耳朶と唇で挟んでは、口の中で舌を擦りつけ舐り、悠梨の身体から力を奪っていった。

またあの、知らない感覚が身体の奥に生まれて、強くなる。

これは、ダメだ。ダメだと思う。ファーストキスどころの話じゃ、なくなる気がする。

朦朧とする中で、どうにかその結論にだけは辿り着く。砥上の手から逃れようと、身体を捩って
這うようにしてソファの座面に縋り付いた。

「悠梨」

けれど、砥上はそのまま悠梨の上に背中から覆い被さり、耳へのキスを続ける。

「悠梨は、男を知らないからだろうな。時々、随分無防備に見える。夜に男の部屋に来ることがどういうことになるか、わからなかったか？」

咎めるような、少し険のある声で砥上は言うと、ふたたびねっとりと耳を舐め上げた。

「まあ、相手が俺だから、意識も何もしていなかったんだろうが」

ぞくぞく、と背筋を走る得体のしれない感覚に、悠梨は身を捩らせる。それを砥上が身体を使って押さえつけた。

「だ、だって、部屋で待て、って」

最初の『おうちデート』の計画なら、きっとまた午前中に来て昼食を砥上と一緒にとるだけだったろう。夜になったのは、急遽砥上の出張が入ったからだ。

けれど、出張が決まってから、部屋で待てと言ったのは砥上の方なのに。

ああ、だけど断らなかったのは自分だ。

「ひゃんっ」

耳に歯を立てられて悲鳴を上げる。荒い息遣いが聞こえた。吐息の熱が肌に触れ、そこから伝染したように悠梨の身体まで熱くなる。

「や……」

噛んだ場所を、また唇が優しく擽る。怖くなって、身体を丸めて首も竦めた。

「……悠梨？」

砥上の掠れた声に身を固くする。

どうしたらいいのかわからない。怖い。砥上の傍にいられて嬉しい気持ちを、恐怖が追い越してしまった。

これ以上は嫌だと頭を振った。

初めてのことで、怖い。

キスをされて身体を熱くさせてしまう自分が怖い。

このまま触れられていれば、砥上は自分を見てくれるのか、それとも何も変わらないのか、わからなくて怖い。

砥上の息遣いを聞きながら、小さく丸くなって震えていると、するりと髪を撫でていく指先を感じた。

おそるおそる目を開ける。顔を横に向け、砥上を横目に視界に入れた。間近で目が合い、彼は一瞬眉根を寄せる。それから、深く長い吐息と共に浮かんだのは、優しい苦笑いだった。

「もし、相手の男を誘惑するなら、男を警戒することもちゃんと知っておいた方がいい。撃退する方法も」

「ゆ、誘惑なんて」

「その男を振り向かせたいなら、いずれはそういうことがあるだろう？」

今度は指先だけでなく、手のひら全体で頭を撫でられ、離れていく。砥上はソファから立ち上がると、悠梨に背を向けたまま言った。

「シャワーを浴びてくる。その気がないなら、今の内に逃げておけよ」

「……その、気」

丸まっていた身体を起き上がらせて、悠梨は砥上の背中に向かい、呆然と疑問を投げかける。砥上は顔だけ振り向かせて、熱を孕(はら)ませた視線で悠梨を捉えた。

「意味がわからないはずはないな？」

ぞわっとうなじから産毛が逆立つ。きゅんと腹の奥が何かを求めるように軋み、声も出せずに身を震わせた。砥上はそれ以上何も言わず、リビングを出て行った。

シンと静まり返った空間に取り残されて、悠梨はしばらく放心していた。

——意味がわからないはずはないな？

砥上が耳に残したキスは、劣情を感じさせるものだった。砥上の熱い息遣いも。

砥上はその先を、悠梨に教えようと思えばできるのだ——特別な感情がなくても。

血の気が引いて、目の奥が熱くなる。泣きたい衝動に駆られて、唇を噛みしめた。

……帰らなければ。

そんな関係になりたいわけじゃない。

ソファから立ち上がり、自分のバッグを手にリビングを出る。浴室にいるであろう砥上に声をかけるべきかどうか一瞬悩んだ、そのとき。

がしゃん、どんっ！　と浴室から何やら派手な音が聞こえ、びくっと肩を跳ねさせ、足を止めた。

「しゃ……社長？」

何？　何かあった？

びくびくしながら浴室からの音に耳を澄ませたが、それから何事もなかったかのようにシャワーの音が聞こえ始める。

とくん、とくんと鼓動の音を聞く。まださっきの名残りで少し走り気味だ。数秒の間そうしていた悠梨だったが、シャワーの音が止まらないうちにマンションを出た。

もうこんなことはやめた方がいいのかもしれない。辛くなるばかりではないか。

俯いていると、視界の端に流れる煌びやかな灯りに釣られ、顔を上げた。

タクシーの窓から、ライトアップされた街並みが見え、そうかと気付く。来月のクリスマスの装飾が、早くも街を彩っていた。

どこかで期限を設けなければ。いつまでも進展がないままでは、辛くなるだけだ。

「……クリスマスデートが、できたらいいな」

そのときには、ちゃんと気持ちを通わせて。それができなければ、もう諦めて、秘書も辞められるよう、次の人を手配してもらわなければ。

もう今までのように、何事もなかったように秘書を続けることは悠梨にはできそうになかった。またあらたな恋人が砥上に現れたら。きっと悠梨は、砥上の前で泣いてしまう。

この恋が実らなければ、秘書としてももうそばにはいられない。

あまりに両極端に別れてしまった先行き。不安に心を揺らしながら、走るタクシーの中でクリスマスのイルミネーションをじっと見つめていた。

第六章　誘惑したのは、どちらか　砥上ｓｉｄｅ

砥上は、ガンと力任せに浴室の壁を拳で叩いた。その拍子にフックからシャワーヘッドが転がり落ち、イライラとしながらそれを拾い上げる。

「……落ち着け」

そうだ、落ち着かなければ。しかし、落ち着いたところで、自分がしようとしたことをなかったことにはできない。もう少しで、大事な部下に無体を働くところだった。

シャワーのコックを捻って出てきたのが最初は水で、それで少しばかり頭が冷えた。

砥上は、昨日から自分が少しおかしいことを理解していた。

いや、決定的におかしいのは昨日からというだけで、実際にはそれよりも以前からだ。

コスモス畑をふたりで歩いているとき、悠梨がふいに呟いた言葉に無性に彼女を虐めたくなった。

『社長の恋人になる人は幸せでしょうね』

疑似恋愛とはいえ、今日は恋人として彼女をエスコートしているのに、そうやっていちいち距離を置く。自分を通して好きな男でも思い浮かべているのではないかと思った。しかも、名前で呼べと言ってるのにそれも直らない。

唇を悠梨の小さな手で塞がれて、キスを阻まれた。そのことで自分が、彼女の唇にキスをしようとしていたことに気付く。

本当は、そこまでする気はなかった。少しだけ男にエスコートされる経験をすれば、生真面目なだけの固い表情も女らしく綻（ほころ）ぶ。それだけのつもりだった。

キスぐらいは奪ってもいいだろうと意地の悪い衝動に襲われて、拒否されたその時も冗談だったことにして引き下がればよかったのだ。

しかし、涙を浮かべて震える悠梨があまりに可愛らしく目に映り、出遅れたところに衝撃的な言葉を聞いた。

『初めて、なんです。だから、唇は、嫌です』

キスも、まだか。

驚いた。衝撃すぎて、しばらく動けなかった。今時そんな女性がいるのか。驚いて動きを止めて、次には阻まれる前以上の衝動に駆られた。

顔を真っ赤にして、眉尻を下げて弱ったような目が、涙で潤んでいる。そんな顔で初めてだから嫌だと言って、やめてくれる男がいると本気で思っているのか。いるわけないだろう。

だがしかし、こんな泣き顔を見せられて無理強いはできないという相反する思いもあり、強い葛藤に揺れた。挙句が、あのキスだった。

恐ろしいくらいに可愛らしいと思ってしまった。そういえば、初めて彼女に好きな男がいると告白されたときも、こんな表情だったかもしれない。

今まで気付かなかったが、自分は女性のこういう顔に弱いのだろうか。そう考えてみたが、これまで付き合った女性を思い出しても、こんな表情は特に記憶に残っていない。

彼女は、振り向かせたいという男にも、いずれその顔を見せるのか。

そう思うたび、なんとも言えない不快感が込み上げてくる。半端な男になんか大事な部下は任せられない。

そもそも、誰だ？

仕事で忙しい思いをさせているのはわかっている。平日に誰かと会うような余裕は、なかなかないだろう。だとしたら休日に会う機会のある人物か。そうなると、砥上にはわからない。

いや、しかし普段の会話から察するに、活動的な休日を過ごしているような印象もない。ならば、やはり社内の人間だろうか。もしくは、取引先の誰かか。

別に相手が誰かなど追及する必要などどこにもない。なのに、一度考えだすと止まらず、淡々と業務を熟（こな）す秘書の顔をした悠梨を見つめながら、可能性を考えていた。

その人物に見当がついたのは、実にあっけないことだった。

高柳に呼ばれてホテル東都グランデに悠梨を連れて出向いたときだ。支社長からの電話で報告を受け、席を外した。戻ってみると、何やら高柳が随分と機嫌よさげに笑っている。

『朝羽？　どうかしたか』

高柳の前で、彼女が勤務中だというのに秘書らしからぬ感情丸出しの、真っ赤な顔で俯いていた。

それを見てにやにやと笑う高柳に、不快感が湧く。

――俺の秘書に、何て顔をさせているのか。どんな話をしてたんだ。

『いえ。何も。ちょっと世間話をさせていただいただけです。それより、お食事をお取り分けしてよろしいですか？　お時間もあまりないことですし』

わかりやすく話を逸らした悠梨にもなぜか腹が立った。そこでようやく、ピンとくる。

――悠梨の好きな男は、高柳か。

赤い顔にも納得した。確か、鶯月で食事をしていたときも高柳にからかわれ、真っ赤になって動揺していた。

悠梨は普段、取引先のどんな相手にアプローチされても無難にかわしている。その彼女が、表情を乱されている。それがすべての答えのような気がした。

――大方、またからかわれでもしたのだろう。

高柳は、部下には厳しいがそうでなければ女には基本穏やかで優しい。

気に入った女のことを、面白がってからかうところもある。そういえば、付き合う女の見た目のタイプは、自分と似ているかもしれない。高柳となら、仕事で悠梨が接触する機会も何度もあった。

――しかし、どうしてよりによって高柳なんだ。

普通の男だ、などと言っていたのは、照れ隠しか砥上に相手を悟られないようにするためだろう。考えると、ムカムカと腹が立ってきた。

悪い男とは言わないが、決して女に誠実な男とも言えない。ああ、そういうところも自分に似ていると、気が付けば余計に腹立たしい。上司として、大事な秘書の相手としては認めがたい。

――じゃあ一体、どこの誰なら認められるんだ？

そもそも、砥上が認めようと認めまいと、悠梨には関係ないのだ。それは頭ではわかっていても、胸が焼け付くような不快感が拭えなかった。

会社へ戻る車の中で、次の日の帰りの飛行機の時間を聞いて来る悠梨にすら、不満だった。

『いや。十四時の便でいい』

『そうですか？』

急な沖縄行きが決まり、休日の約束が反故になりそうだというのに、平然としている。その澄ました横顔を見ていると、どうにも虐めたくなってくる。また、真っ赤に染まる泣き顔が見たいという衝動に駆られてしまう。

だから、誘った。彼女の耳元で。

『夕方には戻れるだろうから、部屋で待っていろ』

自分が、酷く獰猛な生き物になったような気がした。


この感情は、嫉妬だ。自分の秘書が、間近にいる自分をまったく男として意識しないで、高柳を見ていることが面白くないのかもしれない。

そう自己分析して、お気に入りの玩具を取られそうになったガキの思考回路かと苦虫を噛み潰す。

いや、それではまるで、自分が悠梨に男として見られたいと思っているみたいじゃないか。好意の対象とされないことに苛立って、衝動のままに蹂躙しようとするなどどうかしている。

冷たいシャワーでようやく、頭も冷えてくる。

「くそっ……」

いちいち、自分を刺激するようなことを言う悠梨が悪い。

いくら部屋に誘われたからといって、のこのことその気のない相手の部屋で、夜、待っているのはどうなんだ。

——俺の好みに合わせた服で、髪型で、からかえばすぐ赤く染まる肌。

これまで、色恋に慣れた相手と心地よい関係しか結んでこなかった。傍から離れそうになる、その足首を掴んで引きずり込みたくなるような、こんな醜い衝動は初めてだった。


日曜を挟んで、月曜。

沖縄のリゾート地のことでもう一度高柳と会う必要があり、ホテル東都グランデを訪れていた。

高柳の執務室で、ソファで足を組む。ばさっと書類の束をローテーブルの上に放った。

「おい、なんでそんなに顔が怖いんだよ」

「いつもこんな顔だが」

「えー……そういや悠梨ちゃんは？」

「今日は内勤業務を頼んである。別にいつも連れて来ているわけじゃないだろう？　それより仕事の話だ」

不審そうに眉根を寄せていた高柳だが、仕事の話に切り替わると表情を引き締める。高柳は、今回の事業を足掛かりにホテル東都グランデ東京だけでなく、東都グランデグループ経営トップを狙っていた。

厄介な男を好きになったものだ、と思う。高柳自身は、悪い男ではない。

ただ生家は東都グランデグループ創設者一族で、旧家だ。その経営に関わる高柳の結婚には、当然うるさい。一族当主、後継者のみならず経営に関わる親族はほぼ、会社絡みの結婚を当然のように繰り返していた。

悠梨は確か、ごく普通の一般家庭で育ったはずだ。本人同士が上手くいったとしても、将来を考えるなら、かなり悠梨への風当たりは強くなるだろう。

高柳がもしも悠梨を大切にできるならば、そんなものは全部撥(は)ねのけてしまうだろうが。それだけの力量はある男だ。

いや、しかしそれ以前に、今こいつは誰かと付き合っていただろうか。そういやこのところ女の話をとんと聞かないな、と書類の束に目を落とす高柳を見た。

「ま……予想の範疇だな」

「そうだな。環境問題、景観保護に敏感なのはどこの観光地も同じだ。集められた署名を無下に扱わないことだ。あとは専門家を呼んでじっくり説明を繰り返すしかないだろうな。遠回りかもしれないが、後々問題になるよりましだ」

リゾート業なのだ。地元の理解が得られずに殺伐とした滑り出しになるのは、致命的だといえる。

「手は打ってあるよ。悪かったな、急に土曜に」

「いや、仕事の内だ。それよりひとつ聞きたいんだが」

「なんだ？」

「お前、今誰かと付き合っていたか」

高柳が、コーヒーを飲もうとカップを持ち上げたところでぽかんとした表情で停止した。

「どうなんだ？」

「え？　ああ、まあ。いるけど……なんだよ急に」

「いや、そうか」

高柳の言葉を聞いた途端、今朝の悠梨の姿が思い出された。

土曜日、あれほど怖がらせたにも関わらず、悠梨はやっぱり髪をまとめてスカートでやってきた。

手作りの朝食を携えて。

『もう来ないと思いましたか？　言われるままに逃げてしまいましたけど、諦めたわけではないですから！』

『そうか』

『でも、あんまりぐいぐいハードル上げるのだけは、やめてください』

土曜の夜、ふたりの間に流れた微妙な空気を払拭（ふっしょく）したいのだろう。いつもより少しだけわざとらしくて、はしゃいだ声だった。

健気だと思う。好きな男のために別の男に『色気』を教わる破目になっている彼女を騙されやすいやつだと思う反面、そんな状況に引っ張り込んだ罪悪感も少しある。だが、自分を変えようと必死な悠梨を見ていると、どうにか、想いを遂げさせてやりたいと思う。

それなのに、心の奥の仄暗い部分で、高柳の返事に確かに喜んでいる自分がいる。

お前の好きな男には、残念ながら恋人がいる。そう言って泣かせてしまいたい自分が、確かにいた。その方が悠梨のためなのだと、偽善のオブラートに包んで。

第七章　焦りと嫉妬とタイムリミット

土曜日、逃げ出す形で砥上のマンションを出て来てしまった悠梨は、月曜の朝、また頭を抱えていた。

砥上と疑似恋愛を始めてからというもの、悩むことが多すぎる。だけど、まだ諦めるには早いと思っていた。せっかく、これまでの信頼関係を失う覚悟でもって賭けに出たのだ。

中途半端で終わらせたのでは、価値がない。

そして、朝はいつまでも続くわけではない。勤務が始まる時間になれば、否応なく社長と秘書の顔になる。時間制限がある分、たとえ顔を見て気まずくなってもまだ楽なはずだ。

覚悟を決め、朝食の用意を持っていつもの時間に砥上のマンションを訪れると、砥上は起きて待っていた。

「おはようございます。すぐに朝食を準備しますね」

リビングでコーヒーを飲んでいる砥上に、できるだけいつも通りに声をかけたつもりだが、目は合わせられなかった。

「ああ、頼む」

砥上の、少し掠れた寝起きの声もいつも通りで、悠梨はほっと息を吐く。しかし、朝食の準備を終えてダイニングテーブルにふたりで座ったときだった。

「意外だったな」

だし巻き卵を箸でつまみながら、砥上が言う。

「何がですか？」

「もう朝食は一緒に食えないだろうと思ってた」

驚いた悠梨は箸をとめて砥上を見た。砥上も少しは、土曜のことで狼狽(うろた)えたりしたのだろうか。

そう思うと、少しだけ、嬉しい。可能性があるような気がしてしまう。

「もう来ないと思いましたか？　言われるままに逃げてしまいましたけど、諦めたわけではないですから！」

「そうか」

正直に言うと、あのとき逃げてよかったのか、それとも捨て身の覚悟で居座った方がよかったのか、悠梨には今もわからない。

気持ちが通わないのに、あのまま流されることが正しいことではないのは頭では理解している。が、正しいことだけが、欲しい結果を生んでくれるわけでもない。

「でも、あんまりぐいぐいハードル上げるのだけは、やめてください」

嫌ではなかったけど、急すぎて自分にはハードルが高かっただけ。それだけは伝えたくて、冗談っぽく振る舞った。

もうあんなことはしない、と言われることの方が怖い。逃げたことで、見捨てられてしまうような気がしていた。

笑ってみせながらも、心臓はどきどきして食事が喉を通らない。

砥上も、数秒ほどしてふっと唇に笑みを浮かべてくれて、それでようやくほっとした。

「あのくらいで高いとか言っていて、この先どうするんだ」

「砥上さんの基準にいきなり合わせようとしないでください！　私はもっと、もーっと低いところにいるんですから」

「わかった、わかった」

呆れたように言った。砥上のその、柔らかな苦笑が好きだと思う。

その苦笑いを、秘書としてではなく見られる時間が、この先もずっと欲しい。

「健気だな」

砥上が、味噌汁茶椀を手に持ちながら言った。

「それくらいしかできないので」

健気に振舞ってそれで振り向いてくれるなら、いくらでも頑張れるのだけど。悠梨はそっと内心で呟いた。


疑似恋愛の期限をクリスマスに決めた。あとひと月もないことになるが、長く時間をかければきっと自分が辛くなる。クリスマスまでに砥上との関係に変化がなければ、クリスマスの日に玉砕して終わりにする、それが一番だと思った。

その後は、人事か秘書室長に相談して、後任の秘書を探してもらって当てができてから、砥上に退職の許可をもらう。それがいい。

振られたときのことばかり考えるのは、心の準備をして少しでもダメージを軽減しようという防衛本能だろうか。そのくせ、砥上に期限を決めたことを言い出さなかったのは、未練だといっていい。言わないうちは、自分さえ耐えることができるなら、砥上の秘書として近くにいられる可能性はある。

砥上がホテル東都グランデへ外出中、各所からのメールの処理や対応をして、スケジュールの調整をする。もうじき帰る頃だろうか、と携帯電話を確認したとき、不意に懐かしい人の名前を見た。

「え……！　貝原さん？」

メッセージの受信だった。

貝原は、退職してから結婚して海外に住んでいるはずだが、どうやら一時的に日本に帰ってきているらしい。時間が合えば久しぶりに会いたいという内容のメールだった。

いつ頃まで日本にいるのか、尋ねるメールを送信し終えたところで、ドアが開いた。

「おかえりなさいませ、社長」

「ああ」

執務室に入ってきた砥上の手には、白いショップバッグがある。

「朝羽、昼はもう食べたのか」

「えっ？　いえこれからですが」

ショップバッグを差し出され、中を覗くと四角い折り詰めの弁当がふたつ入っていた。

「わ……菊膳の松花堂弁当じゃないですか！　どうしたんですか？」

包みのロゴを見て、すぐにわかった。菊膳は、ホテル東都グランデのレストランフロアに入っている、星付きの店だ。

「どうもこうも、昼飯に買って来た。お茶を頼む。奥で食べよう」

「は、はい！　ありがとうございます」

けど、いいのだろうか。奥の執務室は砥上の個室で、普段は用があるときにしか悠梨は入らないし、中で一緒に食事をしたことはなかった。

窺うように砥上を見上げる。砥上は仕事中には珍しくふわりと優しい笑みを浮かべた。ぽんと悠梨の頭に手を置き、奥の部屋へと入っていった。

わざわざ、買ってきてくれたのだろうか？

土産くらいは時々あるが、こんな風に奥で一緒に食べようと誘ってくれたのは初めてだ。

ショップバッグの底に手を当ててみると、まだほんのりと温かい。急いで、お茶をふたり分淹れて砥上の後を追った。

砥上は上着を脱いで、ほんの少しだけネクタイを緩めてソファに座った。

「あの、本当に一緒に食べていいんですか？」

「構わないだろう、別に」

人が来たときに、奥にふたりでいたりすれば変に思われないだろうか。しかし、砥上がいいと言うなら、と湯飲みをふたつ置いて悠梨は向かい側に腰かけた。折り詰めの箱をふたつ取り出す。包装をはがしてから渡そうとしたのだが「いい」との一言と同時に、砥上が自分の分を手に取った。

「わ……綺麗。美味しそう」

四角い箱の中は十字に仕切られ、それぞれの部屋に彩り豊かな料理が詰められている。

「いいんですか、本当に」

「気にするな。朝食のお返しだ」

「ええ……」

嬉しいけれど、それよりも申し訳ないという気持ちの方が強くて手の中の折り詰めを見つめた。

あんな、ごく普通の朝食のお返しがこんな豪華なお弁当では、まったく釣り合わない。もちろん、砥上の胃袋をがっつり掴むつもりで試行錯誤しているが、料理じたいはそれほど特別なものは作っていないのだ。材料費だってそれほどかかってない。それに何より、悠梨の方がたくさんのことをしてもらっている。

「朝食が、先日のお返しでしたのに。そしたら今度は、何をお返ししたらいいのか、きりがないじゃないですか」

「じゃあ受付の子にでもやってくるかな」

「いただきます」

砥上のセリフを聞いて、慌ててべりっと包装を剥いだ。そんな悠梨を見て、砥上が楽し気に笑う。

「気にせず食えってことだ。男に自然に甘えられるのもいい女の条件だ」

「そんなの、なんか、図々しいような気がしますけど……」

「自然と、って言っただろう。『図々しい』と『自然に甘える』というのは同じじゃない」

甘え上手、ということだろうか？　どちらにしても悠梨にはよくわからず、眉根を寄せた。

「……難しいです。ありがとうございます、いただきます」

両手を合わせて、お辞儀をする。ありがたくいただくことにした。

そうすると砥上の顔が少しの甘さを含ませ、綻(ほころ)んだ。だから多分、悠梨は上手に甘えられたのだと思うことにした。

「あ。そういえば、さっき貝原さんからメッセージが来て、今日本にいらっしゃるそうですよ」

お弁当を食べ終え、お茶を飲んでいるときに思い出した。懐かしい名前に砥上も喜ぶだろうと思ったが、彼は「ああ」と頷く。すでに知っているようだった。

「しばらく滞在するらしいな」

「ご存じだったんですか」

「金曜の夜だったか、連絡が入ってた」

砥上の方に先に連絡があっても、何らおかしいことはない。けれども、何となく感じた疎外感はなんだろうか。砥上がそれを、悠梨には知らせてくれなかったからか。

だったら教えてくれてもよかったじゃないですか——と言いかけて、土曜に自分たちに何があったかを思い出した。砥上も、言う機会を逃したのかもしれない。

「懐かしいですね。メッセージではお元気そうでしたけど」

「そうだな」

共通の知人、砥上にとってはかつての仕事のパートナーの話題なのに、反応は素っ気ない。

なんとなく不自然さを感じた悠梨だったが、それを尋ねるよりも早く砥上が話題を変えてしまった。

「それより、次の週末はどうする？」

「え、次、ですか」

「行きたいところに連れていってやる。どこに行きたい？　悠梨」

甘い声に、思わずぴくんと身体が反応した。ぽかんと砥上を見れば、甘ったるい視線で悠梨をじっと見つめてくる。数秒見つめ合って、じわじわと悠梨の顔は火照った。

「そういう話は、勤務時間外にするべきでは」

「昼休憩の雑談くらい誰でもする」

確かにそれは、そうだけれど。

これが、砥上の言う疑似恋愛の範囲なのかどうか、わからない。ただ、たとえ昼休憩でもオフィスで仕事以外の顔を見せることなんて、今まではないことだ。

――少しは、女として見てくれるようになってくれているのかな。疑似恋愛のためではなくて。

そんなことを期待してしまう。

「ゆ……ゆっくり考えます」

「ああ。どこでもいいぞ」

「南十字星を見に行きたい、でもいいですか？」

どこでも、と言われたので思いついた無理難題を徒に口にすると、砥上は軽く目を見開いた後、ゆったりと艶かしい笑みを口元に浮かべた。

「悠梨が、それでいいなら」

南十字星を見ようと思ったら沖縄か小笠原諸島に行くしかないと砥上に教えたのは悠梨だ。そもそも夜に星を見ようというのだから、たとえ南十字星でなくても泊まりの誘いということになる。

大胆なことを言ってしまったのだと気が付いたのは、その笑みを見てからだった。

「逃げる機会は一度やったからな。次は知らない」

しまった、と真っ赤になって絶句する悠梨を、砥上は意地悪く笑った。


悠梨にはデートという経験が、砥上に連れていってもらったプラネタリウムしかないのだから、どこに行きたいと聞かれても思い浮かばない。

世間のカップルは、一体どこにデートに行っているんだろう。

テーマパーク、ドライブ、ショッピング？

砥上にテーマパークは激しく似合わない気がするし、ショッピングだとまた金銭感覚の違いにこちらが青くなりそうだ。だとしたらドライブが無難なのか。

便利なもので、ネットで検索してみればいろんな場所が出てはきたが、たくさんあるので結局どれがいいのか迷う一方だった。当然、南十字星を見に行くというのは冗談ということで、一旦横に置いておいた。

夜、寝支度を整えてふたたびネット検索をしようとスマートフォンを手に取ると、貝原からのメッセージを受信していた。

通話でかけ直してみると、すぐに繋がり懐かしい声が耳朶を打つ。

『朝羽さん！　お久しぶり！』

ころころと鈴が鳴るような軽やかさで、それでいて上品な声。聞いた途端に悠梨のテンションも上がった。

「お久しぶりですよー！　お元気でしたか？」

きゃあきゃあとお互いにはしゃいだ声を上げながら、近況を報告し合う。

貝原は、都心を拠点にしばらく国内をふらふらとする予定らしい。日本にいる間に、食事に行こうということになった。

「いつ頃までこっちにいらっしゃる予定なんですか？」

『んー……はっきり決めてないけど、年内はいるかな……多分』

「えっ!?　旦那さん、おひとりにして大丈夫なんですか？　ご一緒じゃないですよね？」

貝原は、仕事で知り合ったアメリカの企業の重役と結婚して渡米した。日本に滞在してしばらく観光三昧なんていう贅沢ができるのもそのおかげだろう。しかし、あまりにそれは奔放すぎる。貝原らしくない行動だ。

『大丈夫。まあ、色々あるのよ』

「……何かあったんですか？」

『長く一緒にいればね』

なるほど、と頷いた。結婚とは奥が深い。経験したことのない悠梨にはわからないのかもしれない……と納得しかけたが、貝原は結婚からまだ三年しか経ってないはずだ。

「この先の方が長いじゃないですか」

『まあまあ、それより朝羽さんはどうなのよ。彼氏は？』

「いませんよ、彼氏いない歴イコール年齢の記録更新中です。って、先に仕事の心配とかしませんか、普通！」

『仕事の心配はしてないの。朝羽さんはしっかりしているし』

「結構失敗もしましたよ」

『失敗しない人間なんていないわよ。そこから学べてるならそれが最善でしょ』

そう言ってもらえると嬉しいが、貝原は、おだて上手なところがある。

『だから、それより心配なのが恋愛なのよ！　どうせ忙しくてそれどころじゃないだろうし！　私みたいに、忙しい合間を縫って器用に相手を見つけることなんてできそうにないし……秘書に推したの私だから、責任感じちゃうのよ』

はあ、と電話の向こう側で悩まし気なため息が聞こえた。その心配がずばり当たってしまっているのが、申し訳ないところだが……砥上を好きになってしまったことは貝原の責任ではない。

「ご心配をおかけしてますが、余計なお世話ですっ」

『紹介しましょうか、主人の友人とか』

「やめてください、ほんとにそれは余計なお世話です」

『そーお？』

「あ、でも」

そんなに責任を感じているなら、ちょっとだけ教えてもらおうと思いつく。貝原なら間違いなく、悠梨よりはずっと経験豊富で大人のデートをいくつもこなしてきていそうだ。

「……貝原さん、デートってどこに行きますか？」

『は？』

その後、驚いた貝原にひとしきり相手は誰だと詮索されたが、このところ口癖になりそうな『普通の人です』で乗り切ったのだった。

さんざんからかわれたものの、どうにか貝原のデート歴を聞き出せた。基本、食事をしてバーに行って、ということが多かったようだ。昼間のデートだと、余程親しい間柄になってからでないとしなかったらしい。

悠梨からすれば、逆ではないのかと思ったが、貝原いわく、

『こっちが好意を持っていても、関係がまだ親しい同僚くらいの相手なら、飲みに行くぐらいしかしないわよ、だって休日にわざわざ時間作る方がよほど手間でしょ』

とのことだ。手間、というと身も蓋もない。

『だから昼間のデートをするようになった関係だと、逆にどこ行きたいとかもそれほど悩まなかったけれどね。だってもう気心も知れているってことだから、遠慮なく希望を言ってたし』

つまり昼のデートに関しては、なんでもありだ。相手の好みにも自分の好みにも合わせてだから、テーマパークも行けば農場も行ったし、テニスもしたと。行ってないのはギャンブルくらいだという。

テーマパークは行きたい。が、言われてみれば貝原の言う通りで、砥上をテーマパークに誘うのは本当に恋人にでもならないと言えそうにない。砥上がテーマパークで喜ぶところが想像できないし、これ以上子供っぽい印象を持たれたくないと思ってしまう。

一般的で無難ということで候補に挙がったのは、水族館と映画だった。映画は好みのジャンルもあるし、水族館が一番無難という結果に落ち着く。

貝原とはそんなこんなで小一時間ほど盛り上がり、後日に日程を合わせて会う約束をして電話を切った。

水族館に行きたい。うん、これなら、砥上にも言いやすい。

ただ、ちらりと砥上が言った言葉を思い出した。

『行きたいところに連れて行ってやる』

『どこに行きたい？　悠梨』

水族館に行きたくないわけではないが、特に行きたい場所、というわけでもない。砥上は本当に、悠梨が楽しめるように考えて言ってくれたのかもしれないのに、テーマパークは砥上には言いにくいだとかそんなことばかり考えて決めたのは、少し違うような気もした。

だけど、正直なことを言えば、砥上とならどこでもいいというのが一番の本音だったりする。それが答えだ。

「水族館ね」

翌朝、今日の朝食メニューはこのところ和食続きだったので洋食にした。クロワッサンサンドに野菜のポトフ、フルーツヨーグルトだ。砥上は、野菜のポトフをスプーンで掬いながら言い、くすりと笑った。

「それでいいのか？」

「はい……だめですか？」

「いや？　悠梨が行きたいところならどこでもいい」

そう言いながら悠梨を優しく見つめる。

気のせいだろうか、先週のおうちデートの後から、砥上の眼差しが変わったような気がし始めていた。

疑似恋愛を始めたばかりのときのような、気取った表情ではなく、とても自然に甘さが入り混じる。視線に、綻ぶ口元に、その言葉に。

そのたび、悠梨は心の奥が満たされるような気がした。

——私も、砥上さんと一緒ならどこでもいい。

そう言えたらよいのだが、素直に言えるならこんな遠回しな疑似恋愛などやっていない。きっぱり結果が出ているはずだ。

「水族館行きたいです。じゃあ、土曜日でいいですか？」

「ああ、いや。日曜にしよう」

これまで二度とも土曜だったので、今回もきっとそうだろうと、ただの確認のつもりだった。

「わかりました、私はどちらでも」

「土曜は貝原と会うことになった」

その言葉に、悠梨は自分でもよくわからないくらいに驚いていた。夕べ、貝原と話したときはそんなことはひとことも言っていなかったのに。

もやもやと、胸の中に何か嫌な感情が広がり始める。何も返事の声を出せなかった悠梨に、砥上も驚いたように目を見開いた。

「悠梨？　どうした？」

「あ、いえ」

声をかけられて、はっと我に返る。

「いいですね、私も貝原さんに会いたいです」

咄嗟（とっさ）に出た言葉は、『じゃあお前も来るか』という誘いを期待したもの。自分がとてもあざといことを言ってしまった気がして、落ち込んだ。

砥上は、そんなことには気付かないようで、ふっと笑って、さらりと流される。

「俺は女同士のおしゃべりに付き合う気はないぞ。しばらく滞在するらしいから、また機会はあるだろう」

そうですね、と悠梨は笑うしかなかった。

週末まではあっという間に過ぎた。ただし、土曜日の間中、今頃砥上と貝原が会っているのかと思うと、一日が酷く長く感じた。

上司がかつての秘書と久しぶりに会うことくらい、なんでもないことだ。なのに、どうしてこんなに気になってしまうのか。

答えは、悠梨にはわかっている。貝原は、すらりと背が高く、豊かな胸と細い腰という女らしいスタイルで、悠梨にはない大人の女の色気に溢れていた。

三年前、仕事を教わっていたときは、悠梨が憧れる働く女性の象徴のような人だった。ただそれだけだったが、この三年の間に変わったのは悠梨の意識の方だろう。

今になって貝原を思い出してみれば、砥上が付き合ってきた女性のタイプに、ぴたりと当てはまるような気がする。だから余計に、ふたりで会っているということが気にかかって仕方がない。

貝原は、もう結婚しているし不倫をするような人とは思っていない。砥上も元部下の既婚者とどうにかなるような人ではない、とわかっているのに。

悶々と考えていたら、結局またしても悠梨はほとんど眠れず、寝不足で日曜を迎えたのだった。

迎えに来てくれた砥上は、今日は以前よりもラフなスタイルだ。濃色のデニムボトムに、Vネックの淡いグレーのニットを合わせ、ジャケットを羽織っている。どんなスタイルでもやはり彼は目立っていた。

対して悠梨も、少しラフにワイドパンツと白いニットのタートルにブーツを合わせ、歩きやすい服装だ。以前砥上に買ってもらった服のひとつだった。

「よく似合っている」

髪をアップにまとめるのにも慣れてきた。緩くまとめあげた、耳元のおくれ毛を砥上が耳にかけながら、褒めてくれる。砥上は、女性を褒めるのが上手い。

恥ずかしくなって俯く悠梨に、砥上は腰を屈める。また頬にキスでもしようとしたのだろうか、しかし顔を寄せたところで彼は眉根を寄せた。

「少し顔色が悪い」

「え？　そうですか？」

不意に悠梨の頬に砥上の手が触れる。体温でも確かめるように頬を包み、目の下を親指が軽く撫ぜた。その仕草で体温が上がりそうだ。

「体調が悪いのか？　なら今日は無理しなくても」

「いえ！　大丈夫です、ただの寝不足です！」

せっかくの機会なのに、本当に中止になるのは嫌だ。勢いよく反論したので、寝不足だなんて余計なことまで言ってしまっていた。

「寝不足？　眠れなかったのか」

「……水族館が楽しみ過ぎて」

砥上と貝原が気になって眠れなかったとは、もちろん言えない。砥上は、きょとんと、少し珍しい顔をした後、

「子供か」

と、おかしそうに突っこんで、反面やたら嬉しそうに笑いながら悠梨の額にキスをする。

甘い……確実に、砥上の糖度が増している。子供にそんな、甘ったるい表情を見せたらいけません。

かああ、と赤く頬を染めながら、キスをされた額に触れる。そこから本当に熱が上がってしまいそうだった。

この甘さが疑似恋愛の一環なのか、それを判断しかねる悠梨は、素直に受け取っていいのかどうかがわからない。

砥上が車の助手席のドアを開けてくれる。乗り込んでぽつりと呟いた。

「子供じゃないですよ」

届いてほしいようなほしくないような、心中複雑なその呟きは当然拾われることもなく、運転席に乗り込む砥上がドアを開閉する音で掻き消えた。

選んだ水族館は、都内にあるホテルの中に作られたアミューズメントパークのひとつだった。

ファミリーでのレジャー施設というよりも、雰囲気はどこか大人っぽくてやはり客の半数以上は

カップルだった。

サメやエイに囲まれるような水槽トンネルを歩いたり、暗く落とされた照明の中でライトアップされた大水槽を見て回ったりする。

かと思えば、ひとつフロアが変われば途端に明るい雰囲気になる。ジャングルを模したセットの中に、魚ではなく水辺の動物たちがいた。

「カピバラ可愛い！　見てください、ぬいぐるみみたい！」

「……可愛い……のか？」

「ええっ、めっちゃ可愛いじゃないですか。あ、イグアナ可愛い！」

砥上は眉を顰めて悩ましげにイグアナを観察していて、どうやら『可愛い』の基準については、同意を得られそうにない。

ゆっくりと時間をかけて見て回ると、結構な時間がかかった。アイテムショップが出口付近にあり立ち寄ると、イグアナのぬいぐるみがあった。

「ほら、やっぱりイグアナ、可愛い」

もちろんぬいぐるみなので、リアルではなく可愛らしくデフォルメされたものだ。なのに、砥上はやはり首を傾げる。

「それならまだカピバラの方がわかる」

「ええっ、なんで」

カピバラももちろん可愛いが、イグアナだって愛嬌がある。イグアナを真正面から見つめていると、砥上の手がそれを掬いあげた。

「欲しいのか?」

「え。欲しい、ですけど」

「ほかには?　こんなのもあるぞ」

イグアナのぬいぐるみを片手に歩く砥上に続き、すぐ隣の棚に向かうと細々とした雑貨が並んでいる。水族館らしく、魚やクラゲなどのマスコットがついたボールペンや、ピアスもある。砥上はその中でイグアナのピアスを見つけてきた。しかも、アクセサリー用にシルバーをイグアナの形に模っているならまだしも、もろに緑色のイグアナだ。

「さすがにアクセサリーまでイグアナが欲しいわけじゃありませんよ」

「そうか?　可愛いんだろう?」

「可愛いくても使えないです!　さすがに」

砥上はからかう口調に違わず楽しそうな表情で、このままでは本当にイグアナピアスを買ってしまいそうだ。

砥上が買ってくれるなら、なんでも思い出にはなるのだけれど。

結局、そのイグアナのぬいぐるみとピアスと、あとはマグカップをふたつお揃いで買った。大きめのショップバッグにまとめて入れてもらい、砥上が片手にぶら下げている。

——どうしてふたつ、お揃いで買ったりしたんだろう?

店を出てホテルのショッピングフロアを歩き、レストランフロアを目指す。その途中でちらりと聞いた。

「あの、なんでマグカップ？」

「うちに置いておくつもりだが。朝、悠梨が使うマグカップがうちにあってもいいだろう？」

当たり前のようにさらりとそう言われて、悠梨はなんて答えていいのかわからなくなった。

この先、形が残るものを気楽に買ってしまっていいのか。砥上はそれをなんでもないことのように言う。

この関係が終わったときのことを、彼は考えていない。

きっと、疑似恋愛が終わったあとも、悠梨が毎朝起こしに来るのは変わらないと思っているのだ。

複雑な顔で見上げる悠梨に、砥上は不思議そうに問いかける。聞きたいけれど、せっかくの幸せな空気を壊したくなくて、なんでもないと笑った。

「どうした？」

砥上と休日を過ごすのは今日で三度目、外出をしたのは二度目だ。一度目のプラネタリウムのときも砥上は優しかったし、悠梨を恋人のようにエスコートしてくれた。けれど、三度目の今日は、あの日と同じようで何かが違う。

気取ったエスコートでなく自然と繋がれる手や、ふと感じる視線の甘さ。こんなところまで、彼にとっては演技なのだろうか。相手が誰でも、できてしまうことなのだろうか。

もしかして、と期待してしまいそうになる自分を、懸命に心の奥に押し込めた。本当に、経験がないと些細なことすら特別に思えてしまって、嫌になる。

レストランフロアで店を見て回ったが、ガラス窓から景色を見ていて、悠梨は外で食べたいと言った。

小春日和で暖かい一日だ。綺麗な緑地公園が窓から見え、そこにベンチが並んでいるのが見えたのだ。

「本当に、こんなので良かったのか？」

「はい。ホテルのパンってちょっと贅沢じゃないですか？　好きなんです」

悠梨の手には、ホテルベーカリーで買ったサンドイッチが入った紙袋。砥上が、テイクアウトのコーヒーをふたつ持っている。ベンチにふたり腰を下ろすと、悠梨は紙ナプキンを砥上と自分の膝に広げた。

高いレストランの食事もいいが、それよりも距離が近くいられるベンチの方がいい。そんな理由で選んだことは敢えて言わない。

「悠梨がいいなら構わないが、寒くないか？」

「大丈夫です。日向(ひなた)だし。砥上さんは？」

「平気だ……ああそうだな、確かに、いい気候だ」

砥上は、悠梨から目線を外し、公園と広がる青空に目を向けた。今日は風も少なく、ピクニック日和だ。心地よさそうに目を細める砥上を見て、悠梨も微笑む。こんな風にゆったりとした時間を過ごすのは、砥上の休養にもなるだろう。何せ、普段は表面上だけ穏やかな、殺伐としたビジネストークばかりなのだから。

それぞれサンドイッチを膝に、コーヒーのカップを脇に置く。少し遅い昼食を、景色と会話を楽しみながらゆっくりと取った。

食べ終えてサンドイッチの包装を紙袋にまとめ終えたあと、

「散歩でもするか？」

「いいですね、気持ちよさそうだけど……なんか日向ぼっこみたいでここも気持ちよいです」

お腹も膨れて暖かな日射しの中にいると、自然と眠気も誘われる。

「寝るなら膝を貸そうか」

「え？　いえいえ、それなら私の方が……」

「そうか。じゃあ貸してもらおう」

「えっ⁉」

冗談かと思っていたのに、砥上が本当に膝に転がって来そうになり悠梨は慌てた。上半身をこちらに傾けてくる砥上の肩を、両手で押し返すが砥上は引きそうにない。

「ちょっ、冗談ですよ、恥ずかしいです！」

「何がって」

「何が」

公園は広いし、それほど人が多いわけでもない。それでも、少し離れた広場で家族連れが遊んでいるし、他のベンチにはカップルも座っている。向こうの遊歩道には、犬の散歩をしているふたり連れがいて……

「あ……あれ？」

男性と女性。どちらもすらりと背が高い。足元にはそれぞれ、リードで繋がれた小型犬がまとわりついて遊んでいる。その、男性の方に見覚えがあった。

「高柳さん？　じゃないですか？」

向こうはこちらには気付いていない。相手の女性をじっと見つめて話をしていて、親密な様子が遠目にも伝わってきていた。

「ああ、そういや……高柳の自宅はこの近くだな」

「彼女さん、でしょうか」

「さあ……どうだろうな」

砥上からは、さして興味もなさそうな気のない答えが返ってくる。

その間も、高柳の隣にいる女性に見入ってしまった。すらりとスタイルがよくて長い髪を靡かせ、女らしい雰囲気をまとった人だ。高柳とお似合いだと思った。

自分も、あんな風に大人の女性に見られる風貌だったら、砥上と並んでいても遜色ないのだろうか。

いいなあ、とぼんやりと見つめていると、突然砥上の手が悠梨の顔に添えられた。そして、いきなりぐりっと顔の向きを変えられる。

「わ？　ちょっ」

不躾な視線を向け過ぎただろうか。あんまりジロジロと見てはいけない、という意味だろうと思ったのだ。しかし、砥上の顔がすぐそばにあり、酷く真剣な目を向けられていることに気付き、息を呑む。

「あの……？」

「見るな」

ぱちぱちと瞬き(まばた)を繰り返す。砥上の手はしっかりと悠梨の顔を捕まえたままだ。

怒っているの？

確かに、失礼なことをしてしまったかもしれないけれど、真剣に怒られるほどのことでもない気がして、悠梨は混乱した。

それに、じっと目を合わせていると、怒っているだけでもないような気がしてくる。

「……砥上さん？」

声が震えてしまった。そのせいか、砥上は少し目元を和らげる。けれど間近で見つめ合う距離は変わらない。

それどころか、視界から砥上の目が消えたかと思うと唇が見えた。思わず目を閉じてしまうと、次の瞬間には、目と目の間に口づけられていた。

「んっ……」

ちゅっ、ちゅっと何度も音をさせて、砥上は悠梨の瞼や目尻にも口づける。

「あ、あの、人が」

「たいして誰も見てないよ。隣のベンチにいるカップルの方がよほど大胆なことしてる」

ほ、ほんとに？

そちらを見てみようと瞳を動かしたが、砥上に視界を塞がれてみえない。こつんと固い感触が額にあり、また間近で見つめ合った。

「デートの最中に他の男に目移りされて、機嫌が悪くならない男はいないな」

「え……」

だから、見るなと怒ったのか。確かに、これが本当のデートなら相手の男は機嫌が悪くなるものかもしれない。砥上はそれを教えてくれているのだろう、が。

「ご、ごめんなさい、でも目移りしたわけじゃ」

「だめだ。許さない。ペナルティに何をしてくれる？」

「えええっ？」

ここでまた、ペナルティか。悠梨は弱って、眉尻を下げた。

「な、何をすれば……」

「一矢」

まるで何をさせるか決まっていたかのように、答えは迅速に返ってくる。すぐに意味は理解した。ふたりのときは名前で呼べと言われたのを、ずっと『砥上さん』で通していたのだが、今それを実行しろというのだ。

「え、えっと……」

「言えない？」

甘く蕩けるような砥上の声が、吐息と共に悠梨の頬を擽って、それから唇に何かが触れた。砥上の指だ。

どっどっ、と重い自分の鼓動を聞く。目の前で黒い双眸に射竦められ、砥上の指が妖しく唇を撫でている。

──一矢、と呼ばないと唇にキスするよ。

そう脅されているのだと悟り、追い立てられるように口にした。

「い、ちやさん」

「ん？」

「……一矢さんっ」

なかばやけくそのように叫ぶ。何に追い立てられたのか、実はよくわからない。本当は、唇にキスでもいいかもしれないなんて思ってしまった自分にかもしれない。

「ふはっ」

砥上が、くしゃりと鼻に皺を作って笑った。

「やっと言えたな。ふたりのときはそう呼ばないと返事をしないことにしよう」

「ただのイジワルです、それ」

「敬語もなしだ」

「無理ですってば！」

そう言いながらも、以前よりは砕けた敬語になってきている自覚はある。それを砥上が許したら、自分が増長してしまいそうで、怖い。

過度に期待をしてしまいそうで。

「行くか」

砥上がそう言って、悠梨の頭をさらりと撫でる。ようやく解放されて視界が開けた。気になっていた隣のベンチに目を向けると――

「いないじゃないですか！」

大胆なことをしているはずの隣のカップルは、どこにもいなかった。


陽が沈み、オレンジから薄闇に空の色が変わる頃。悠梨のマンションまで、砥上の車で送られている途中、会話が途切れた。

本当に幸せで楽しい一日だった。砥上との距離も、今までで一番近くなったように感じられた。

――まだ、帰りたくないな。

この時間が終わるのは惜しい。だけど、夜に男性を誘うのは危ないと砥上に教えられた。

家ではなく、外で食事なら構わないだろうか。砥上が誘ってくれたらと思うのに、どうも夜に仕事以外でふたりになるのを避けられているような気がした。

――夕食、どうしますか……とか？　どこか食べに行きませんか、とか？

もう少し時間の延長を図りたく、言葉を探しているときだった。どこかで振動音がしているのが、微かに聞こえた。

「一矢さん？　携帯鳴ってませんか？」

まだ少し照れくさい下の名前で呼びながら、砥上のジャケットの胸ポケットに目を向ける。

「ああ、誰だろう。ちょっと見てくれないか」

「あ、はい。……取りますね」

運転中だから気を使ったのだろう。言われるままに砥上のジャケットに手を伸ばし、胸ポケットからスマートフォンを取り出す。

画面に表示されている名前に、一瞬固まった。

「誰だ？」

「あ、貝原さん、です」

そうしている間に、着信は途絶えた。砥上は少しだけそのまま運転を続け、路肩の広い場所を見つけて停車する。かけ直すつもりなのだろう。

差し出された手にスマートフォンを渡すと、砥上はすぐに画面をタップし耳に当てる。

じっとその仕草を見つめてしまっている悠梨に気が付き、砥上が小さく笑って頭を撫でた。

「少し待っててくれ。すぐに終わる」

「はい」

そう言われても、何も安心できないしもやもやと広がっていくばかりの嫌な感情を、悠梨はどうすればいいのかわからない。ただ素直に頷くことしかできなかった。

通話は、すぐに繋がったようだ。

「貝原。悪い、運転中だった」

昨日、会ったばかりのはずなのに、また連絡をするようなことがあるのだろうか。どうして？

「ああ、今週の予定のことだろう」

また会う予定があるらしい会話に、ずくんずくんと胸が疼いた。これ以上聞いたらいけない。そう思うのに、車から突然降りるわけにもいかず、耳を塞いでしまうよりも話の続きを確認したい欲求の方が勝ってしまった。

「そうだな、じゃあ……火曜か、金曜がいいな。どちらか、仕事が終わったら連絡する。火曜に連絡がなければ、金曜になったと思ってくれ」

貝原さんとは、平日の夜に、会う。仕事の後に？

貝原は、休日にわざわざ時間を取る方が面倒なものだと言っていたけれど、砥上の場合は悠梨と疑似恋愛をすると約束したという理由がある。

夜になる前に帰される自分との違いに、膝で手を握りしめた。焦ってしまう。やはり自分は、砥上にとってはただの秘書で、恋愛の対象には程遠いのだろうか。

「待たせた」

「いえ」

通話を終えてふたたび車を走らせる砥上に、どうにか笑った。あまり詮索するのはよくない、そう思いながらもどうしても、聞かずにはいられなかった。

「貝原さん、どうかしたんですか？」

「ああ、ちょっとした……話があってね」

さらりと流されたような気がした。それ以上は聞いてはいけない、そんな空気を砥上が自然と纏わせる。

——蚊帳の外。

ただ会って話をするだけなら、悠梨も一緒にと誘ってくれてもいいものなのに、砥上からも貝原からも何もない。

確かに、悠梨が貝原と一緒に仕事をしたのは、引継ぎの一か月程度だ。それ以前は長い間砥上と貝原は仕事上のパートナーだったのだから、悠梨には知らない親しさがあっても仕方がない。

そうわかっているのに悠梨は、黒く澱む感情をどうしても、消すことができなかった。

第八章　塞ぐ視線　砥上ｓｉｄｅ

悠梨が告白しようとしている男は、高柳に違いない。一度そう思うと、もう他の可能性などは一切考えなかった。

彼女自身が、普段そういった話をすることが滅多になかったことから、出会いがいくつもあるようなタイプとは思えない。日々、仕事を熟し、休日はインドアでゆっくりと身体を休めつつ翌週の仕事の準備をする。交友関係が広そうには見えなかった。

だとすると、仕事で関わりのある男で、悠梨が恋愛感情を持ちそうな相手となると高柳しかいないのだ。

考え始めると、胃が重く澱むような気がした。これまで特定の相手を作らなかった高柳が、あっさりと決まった相手がいると認めたのだ。

つまり、真剣に付き合う相手を見つけたということだ。

悠梨の恋が実ることはない。疑似恋愛なんて言葉を真に受けて、健気に毎朝砥上に朝食を作り、言われるままに服装を整え、デートの誘いについてくるのも、すべて無駄なことだ。

彼女が恥ずかしげに笑うたび、嬉しそうに笑うたび、その目が自分を見ている間は安心できた。そのまま、高柳のことなど忘れてしまえばいいのだ、そうしたら傷つかないですむ。

公園でサンドイッチを食べた後、彼女が不意に声を上げた。

「高柳さん？　じゃないですか？」

悠梨の視線の先へ目を向けて、思わず舌打ちをしそうになった。

確かに、高柳だ。しかも、きっと先日言っていた付き合っている相手だろう、女連れだった。

咄嗟に悠梨の横顔を見た。

「ああ、そういや……高柳の自宅はこの近くだな」

「彼女さん、でしょうか」

「さあ……どうだろうな」

遠くを見るような目は、少し呆然としているような気がした。泣き出すのではないかと思ったが、そんなことはなかった。羨望のような、嫉妬のような、諦めのような、それらを混ぜた目は、傍で見ている砥上に酷く焦燥感を植え付けた。

だから咄嗟に、悠梨の顔を自分に向けさせた。

悠梨が傷つくことが許せなかった。いや、そうじゃない、単に自分が、傷つく悠梨を見たくなかっただけかもしれない。


火曜の夜、仕事を終えた後に貝原に連絡を取ると、待ち合わせの駅のロータリーまで車を走らせる。

貝原の顔を見て、やはり少しやつれたと、先日再会したときにも思ったことを再確認した。以前はもう少し蠱惑的な肉感のある美女だったが。首筋や、スーツの裾から見えるふくらはぎの細さに眉根を寄せる。

「そんなに、痛ましいものを見るような目で見ないでくださいね。自分が情けなくなりますから」

「いや……悪い。そんなつもりではなかったが」

先日、帰国したばかりの貝原に会い相談されたのは、日本での再就職についてだった。結婚して三年、昨年娘がひとり生まれた。その頃から、夫婦仲が上手くいかなくなったらしい。

「砥上社長にこんなことをお願いできる筋合いも、もうないのですけど……」

「水くさいことを言うな。いいパートナーだっただろう。その旦那の企業、潰してやろうか？」

「困ります。慰謝料と養育費がもらえなくなるじゃないですか」

からからと笑う様子を見ていると、もう吹っ切れているであろうことは、伝わった。だからこそ、日本で暮らす準備を始めているのだろうが。再就職先を紹介してほしいというのは、そのうちのひとつだ。

「貝原が、シングルマザーとして働きやすい会社となると、限られる。秘書業務は難しいかもしれない」

「わかっています」

「しかし三か国語ぺらぺらだからな、本来なら、フットワーク軽く動けるようにした方が、いい職を紹介できるんだが……子育てで実家の協力は得られないんだな？」

「無理ですね」

「わかった。では行こう」

子育て優先で、それでいて子供を育てていけるだけの十分な給料が欲しい。そんな就職先は、今時中々見つからない。まったく、無理難題を言われたものだと思う。

「今から、砥上グループの傘下にある中小企業の責任者に会う。最近、海外取引が増えて語学が堪能な者が足りていない」

「はい」

「しかし、募集をかければ、本来ならいくらでも就職希望者は集まる。子育てをしていない、自由に動ける人材が、だ。そこに俺のコネクションで捻じ込むんだ。意味はわかるな?」

つまり、砥上に逆らえないから受け入れる。それだけだ。今日のところは、歓迎するように笑顔を見せてくれるだろうが、それは表向きだけだ。

よほど、他の人材よりもできるのだということを証明してみせなければ、会社での立場は辛いものとなる。

「……任せてくださいな。砥上社長の顔に泥を塗るような真似は致しません」

にっこりと笑ってみせた、その目の色は強い光を宿している。母親というのは、たくましいものだなと感心させられた。いや、貝原は昔から強かったか、と苦笑いをした。

貝原の再就職は上手くいきそうだった。今は一時帰国しているだけなので、翌年四月までに日本での住まいを見つけ、子供を預ける手続きなど準備をしていくことになった。

面接を終えて、貝原が宿泊しているホテルまで送る。その途中で、悠梨の話をした。

「朝羽が、会いたそうにしていた」

悠梨が貝原のことを気にしているのは伝わってきている。引継ぎ期間、短い間にもふたりは打ち解けた様子だったのを思い出す。突然帰国した貝原を心配しているのだろう。貝原のプライベートに関わることだ、勝手に事情を説明するのは控えておいた。

こう言っておけば、いずれ貝原から悠梨に会って話すことだろう。

「あら嬉しい。素直ないい子で、たった一か月だったけど一緒に仕事して本当に楽しかったわ」

「今でも素直だな。なんでもすぐ信じるし、お人好しだ。悪い男に騙されないか心配になる。可愛らしい顔立ちをしてるから、気軽に手を出そうとする男が多い」

「ああ……わかる気がしますね」

「本人があの通り真面目だからな。大抵の男は肩透かしを食らって帰っていくが」

社内でも、取引先との会合でも、雑談の折に上手く彼女とプライベートな話に持ち込もうとする男はいる。しかし悠梨本人が仕事としての会話としか受け取らないから、やがてしらけて去っていく。悠梨は相手を撃退したことに気付いているのかいないのか、いつも飄々（ひょうひょう）としたもので、砥上は見ていて楽しかった。

その様子を思い出し、思わず喉を鳴らして笑っていると、

「……随分、お気に入りのご様子ですけど。念のためお聞きしますが、手は出していませんよね？」

突然、貝原の声がワントーン下がる。不意打ちの問いかけに、砥上はぐっと喉を詰まらせた。

「……まさか。社長？」

「そんなわけないだろう」

手を出す、とはどの範囲までを言うのだろう？

まったく無実といえるほどには、自分の行いが白いとは思わない。だからつい、視線が泳いだ。

それを見た貝原が表情を険しくさせる。

「本当に？　何もありませんか？　朝羽さんは遊びの相手をさせるような子ではないですよ？」

「……酷い言われようだが、俺はいつも遊びのつもりはないぞ。浮気もしない」

かつての敏腕秘書に詰め寄られ、さすがに憮然として反論する。しかし、悠梨に対するこのところの自分の言動を思えば、うしろめたさがあった。遊びやからかいの類と、他者から見てそう思われても仕方がない状況だ。

もちろん、貝原がそれを知るわけはないから、彼女が砥上を責める材料に使ったのはかつての恋人たちの件だったが。

「そうかもしれませんが、砥上さんのは〝誠実な遊び〟というものです。相手が離れてもまったく悲しくないでしょう」

「……そんなことはない。少しは寂しい」

「それはただの情です」

ずばりと言い切られ、また返す言葉に詰まってしまう。確かに、自分は去っていく恋人に執着したことが、一度もなかった。

「あの子には、ちゃんと好きな人を見つけて結婚して幸せになってほしいんですよ。そうなると、砥上社長はまた優秀な秘書を失うことになりますけど」

ふふ、と笑いながら、最後はおどけた貝原の言葉に、砥上は咄嗟に何かを言いかけて、ぎりぎりで呑み込んだ。

『そんなことは許さない』

悠梨が、自分の秘書でなくなることなど想像もしたくない。貝原のときのように、惜しみながら送り出すなんてことも考えない。瞬時に脳内が、感情がそれらを強く否定する。その感情を自覚したとき、すっと胸の中の靄が晴れるような気がした。

——なんだ、そうか。

認めてしまえば、すべてに納得がいく。

これまで恋人にすら持たなかった執着を、秘書の悠梨には持てるのだ。

悠梨が、自分以外の男の隣に立つ姿など、見たくない。かつての恋人が、別の男を頼って離れていくことよりも、その方が耐え難かった。

高柳の方を見ることが許せずに、無理やり自分に向かせたことも。いや、もっと言えば、男の好みに合わせて変わろうとする彼女に疑似恋愛を提案したところからも、悠梨への執着はあきらかだ。

他の男に、悠梨が変えられていくなど我慢ができるはずがない。

口を閉ざし考え込む砥上の耳に、呆れのようなため息の音が飛び込む。音の主を見ると、やはり貝原は呆れと少しの哀れみを混ぜ合わせたような目で砥上を見ていた。

「少し飲みますか？　よければお付き合いいたしますが」

「子供は？」

「アメリカでもお世話になっていたベビーシッターがついています。少しくらい遅くなっても心配はいりません」

貝原の言葉に、砥上は少し考えてから口を開き、運転手に行先を告げた。


翌日の朝、いつものように朝食を用意してくれた悠梨の様子が、少しおかしいことに気が付いた。

「悠梨？　どうかしたのか？」

「え？　いえ、特に何も」

元気がないように見えた。しかし、尋ねればすぐに笑みを浮かべて今日の仕事の予定を話し出す。

――気のせいだったか？

少しの違和感を残したが、それ以上は追及もせず一日が始まった。

「東洋（とうよう）鉄道の会長のお孫さんが、無事に出産されたそうで、お祝いの手配をしておきました」

「ああ、ありがとう。おめでたいな」

「男の子で、会長が大喜びだそうです。初孫誕生のときもお食い初めから初節句、七五三とその都度盛大なお祝いをされていたそうで。今回のお喜びはそれ以上だそうですよ。おそらく慶事など事細かにされるでしょうから、これからお会いするたびにそれとなくお聞きするのがよいかもしれません。それから、幾つか都市開発の関係会社から会談の打診が」

「ああ、わかった。そこは上手くスケジュールを組んで伝えてくれ。この後は重役会議だったな」

「はい。ご一緒しますか？」

「いや、いつもと変わりないだろうから、朝羽は他の仕事をしていてくれていい」

「かしこまりました」

砥上は執務室を出る直前、扉を一度開けかけて、閉じた。秘書らしく、ぴんと伸ばした背筋のまま腰を折り、綺麗なお辞儀をしていた彼女が顔をあげ、首を傾げた。

「砥上社長？」

秘書としての顔から、ほんの少しだけ彼女の素が滲む。その表情がとても愛らしく見え、口元が勝手に緩んでいくのがわかった。

「あの……会議に遅れます」

「ああ、わかってる」

そう言いながら、彼女の頬に手を触れさせる。すると、驚いた様子で目を見開き声もない。

「行ってくる」

頬を撫で、顎のラインを辿って離れる。秘書への態度ではないことは重々わかっている。だが少しくらい、誰も見てない場所でならいいだろう？

触れられることには随分慣れてきていた彼女だったが、さすがに勤務中で驚いたのだろう。ぽかんとしたまま固まる彼女を執務室に残し、その場を離れた。

悠梨に対して、自分の欲求が抑えられなくなってきている。昨夜、貝原と話して悠梨への自分の執着を自覚してから、余計に。

高柳のことは、疑似恋愛の中で少しずつ忘れさせてしまえばいい。甘やかしてどろどろにして、自分から離れられなくなればいいなんて暗い願望まで溢れてくる。

今夜は、彼女を食事に誘ってみようか。

週末まで待てないほどに、秘書としてではない悠梨の顔が見たくて仕方がなかった。


午後三時からの会議は、予定を大幅に遅れ、夕方五時に終わった。やや早足で執務室に戻ると、扉が半分開いていた。中から聞こえてきた声に、ぐぐと眉間に力が入る。高柳の声だった。

中に入るとすぐにふたりは気が付き、砥上に視線が集まる。

――また、だ。

悠梨の頬が赤く染まっていた。

「社長、お疲れ様です。高柳様が来られて……」

そんなことは、見ればわかる。

「高柳、急にどうしたんだ」

「ああ、夜の予定が空いたからさ、飯でも行かないかと思って。すぐ近くを通ったからついでに立ち寄った」

「連絡くらい寄越せ」

「入れたけど未読のままだったからさ」

そういえば、スマートフォンは通知をオフにしたままだった。

「どうされますか？　社長」

悠梨がそう尋ねる。仕事は残っているが、調整は可能だということだろう。

「悠梨ちゃんも一緒にどう？」

「えっ？　いえ、私は」

誘われた悠梨の頬に、さっと朱が刷かれた。

「悪いが、朝羽も俺もまだ仕事が残ってる」

高柳に他意がないのはわかっている。だが、咄嗟に断りの言葉が飛び出して、悠梨が一瞬驚いたような顔をした。しかし何も言うことはなく、大人しく従うつもりのようで、高柳に丁寧に腰を折る。

「申し訳ありません、お待ちいただいていましたのに」

「いやいや、気まぐれに寄っただけだから気にしなくていいよ。じゃあ、俺は帰るかな」

「お見送りしてきます」

砥上の機嫌の悪さを、そこはかとなく感じ取ったのかもしれない。早々に執務室を出て行く高柳の後を、悠梨が追って行った。

さすがにそれを、そんな必要はないと言うわけにもいかず、引き留めることはできなかった。高柳とふたりにはしたくないにもかかわらず。

無性にイライラした。どかっとソファに腰を下ろし、ため息を吐く。

今の態度は、なかった。

高柳はまあいいとして、悠梨は気にしているかもしれない。

今頃、何の話をしているだろう。

そう思うと、今度は悠梨と高柳をふたりにしてしまったことが、気になり始めた。

悠梨は、高柳に公園で見たことを尋ねるだろうか。

生真面目な悠梨のことだ、まだ一応勤務中のこの時間に、プライベートな話を長々とはしないだろうが、個人的に会う約束くらいは取り付けるかもしれない。もしくは、さりげなく公園で見た女性のことを聞いて、探りくらいはいれてから行動するつもりだろうか。

しかし、悠梨はあっさりと、思っていたよりも早く執務室に戻ってきた。

「お疲れ様です、社長。大丈夫ですか？」

ソファに座ったままだった砥上に、早足で近づいてくる。自分が何を心配されているのかわからず、眉を根寄せた。

「何がだ？」

「体調が悪いのかと思いまして……その、先ほども辛そうに見えましたし、仕事があると言いながらただソファに座ってらっしゃるのも珍しいじゃないですか」

悠梨が、真剣に砥上の顔を覗(のぞ)き込んだ。間近に見る、悠梨の目尻がほんの少し濡れているのを、見つけてしまった。

「体調は問題ない。それより、高柳と何の話をしていたんだ」

「……え。別に、他愛ない、話ですが」

悠梨の目が気まずそうに一瞬泳ぐ。彼女は、あまり隠し事が上手くない。明らかに、何か砥上には言いづらいことを話していたという表情に見えた。だがしかし、悠梨は苦笑いを浮かべる。

「先日、公園でお見掛けしたって話をしようと思ったんですけど、プライベートを覗かれたって知ったら気分を害されるかと思いまして……それは聞けませんでした」

「どうして。聞けばよかっただろう」

知るのが怖くて、聞けなかったんじゃないのか。

「……そういうプライベートなお話は社長の方がしやすいでしょう？　機会があれば聞いてみてください。それより、本当に大丈夫ですか？　何か変ですよ」

悠梨が少しだけ笑って、また話を逸らした。よほど、今の自分は悠梨の目から見ておかしく見えるらしい。

「……そういえば、少しおかしいかもしれない」

「やっぱり。無理しないで最初からそう言ってくだされればいいのに」

悠梨が片手を上げ、砥上の目の前で一度逡巡する。それから、砥上の額に手のひらを当てた。

――そのまま、俺を見ていればいい。

自分の胸の内側に急速に膨れ上がったその願望のままに、悠梨の細い手首を掴んだ。

第九章　初めての夜

火曜日、砥上が本当に貝原と会ったのか、悠梨にはわからなかった。砥上は仕事中も朝食のときも、その話題を一切出さなかったから。

初めてこの執務室に入ったときのことを、どうしても思い出してしまう。ふたり並んだ姿が、とても綺麗だと思った。自分とはまったく違う人種のような気さえしたのだ。

あのときは、だからといって自分を卑下することはなかった。それは、悠梨の中で砥上へ向ける感情が今とは違うからだろう。

砥上が重役会議に出ている間、事務処理をしていると受付から高柳が来訪しているとの連絡が入った。

砥上の友人である彼は、これまでも時折アポもなく来ることがあった。受付に了承を伝え、コーヒーを淹れていると、彼はすぐ執務室までやってきた。

「申し訳ありません。砥上は今、会議中で」

「ああ、受付で聞いたよ。仕事が終わった後で、飯でもどうかと思ったんだけどさ」

奥の砥上の執務室まで彼を招き入れる。奥の部屋で密室となるのは、お互いにまずいだろうと扉は半開きにして応接セットにコーヒーを置いた。

高柳とは、前に砥上への気持ちを指摘されてから気まずい。左手首の腕時計をちらりと見れば、もうとっくに会議は終わっていてもいい時間だ。

会議の後、砥上に片付けてもらいたい仕事はあった。が、もしも砥上が高柳と食事に行く選択をした場合は、明日の朝でも問題ない。

いかようにもなりそうだと頭の中で砥上の仕事を整理しつつ、高柳に言った。

「会議が少し長引いているようで……いつになるかわかりませんが」

「まあ、この時間だしもうじき終わるだろ。それまで悠梨ちゃんと喋って待つよ」

すっかり待つ姿勢の高柳は、また意味深な笑みを悠梨に向けてくる。嫌な予感をひしひしと感じながらも、悠梨は秘書としての微笑みで武装した。

「私などでお話のお相手が務まるとも思えませんので、どうぞゆっくりとこちらでお待ちください。私は隣の部屋におります」

どうも高柳は、友人である砥上への気安さを悠梨にも向けている部分がある。下の名前をさらりと呼ばれることに以前は抵抗があったのだが、今では放置していた。何度かやんわりと改めてもらうよう頼んでも、すぐに元に戻ってしまうからだ。

「いやいやいや、悠梨ちゃんの方こそ、俺と話したいかなって思ったんだけど」

こちらの内心を覗(のぞ)き込むようなそんな目線に、悠梨の心臓がどきりと嫌な音を立てる。

「わ、私が？」

高柳に意味ありげに見つめられ、警戒しながら視線を交わらせていると、ふと、まずい可能性に気が付いた。

日曜、高柳を見かけたとき、自分たちのことは気付かれていないと思っていた。けれど、もしかして、高柳からも砥上と悠梨は見えていたのかもしれない。

確か、あのときは砥上がふざけて膝枕をしようと距離を詰めて来ていた。高柳に気付いた後、なぜかキスされそうになって『一矢さん』と無理やり名前を呼ばされたんじゃなかったか。

まさか、あれを見られた……？

あまりの恥ずかしさに赤くなり、その後すぐに血の気が下がる。

悠梨は、いい。だけど、砥上にとっては、ただの恋愛の真似事だというのに。

目の前で取り繕うこともできずに顔色を変化させた悠梨に、高柳は驚いたように目を見開き、それから「ぶふっ」と噴き出した。

「ちょ。悠梨ちゃん、ほんとわかりやすいな！」

「な、なにが」

狼狽えながらもどうにか誤魔化そうとしたのだが、まともな言葉が出て来ない。これではもう、認めてしまったようなものだ。

「やっぱ原因は砥上だよなあ。最近なんか、あいつもおかしいんだよなー」

「え」

――砥上も、おかしい？

どういうことだろうか。秘書として勿論よく見ているつもりだが、気付かなかった。毎日会っているわけじゃない高柳が気付いたというのに。

気になるが、しかし下手に知りたがれば、また墓穴を掘りそうな気がする。

悠梨の、砥上への好意を人に知られるのはまだいい。恥ずかしいだけだ。どうやら確信しているらしい高柳に誤魔化すのはもう、無理だろう。けれど、それ以上のことは知られないようにしなければ。

「あ、あの」

「うん？」

たとえ、高柳が、砥上が気を許している友人でも、どこから話が漏れるかなどわからない。大企業の責任者たる砥上が、一秘書とままごとのような恋愛遊びをしていると知られるのは、いいわけがないのだ。

「私が勝手に、好きなだけなんです。だから砥上は何も」

絶対に、砥上に迷惑はかけたくない。その一心で認めてしまった自分の気持ちは、本当なら一番に砥上に伝えたかったものだ。初めて口にして、声が震えるのを抑えることができなかった。

前で重ねていた手を、ぎゅっと強く握り合わせる。俯いていると、視線の先に高柳の革靴があった。

それ以上何も言わない高柳に、伏せていた顔を上げると、高柳が困ったように眉を歪め笑っている。

「そんな顔されたら、なんか俺が虐めてるみたいじゃない？　そういうつもりじゃないからさ」

片手で頭を掻きながら言う高柳には、確かに悪気があるようには見えない。

「じゃあどういうつもりなんでしょう」

「大事な親友なんで、これでもちょっと心配してんだよね。あいつもいい年だし、そろそろ落ち着いた相手選んだ方がいいんじゃないかって」

砥上が聞いたら、余計なお世話だと言いそうだ、と悠梨は思わず苦笑した。高柳もそれほど落ち着いては見えなかったが……ふと、先日隣にいた女性の姿を思い出す。

どうやら心境の変化があったらしい。

「砥上には、結婚でも考えたらいかがですか、と私も言いましたけど。それを考えられる相手に出会ったら、とおっしゃっていましたよ」

悠梨がそう言うと、彼はふぅむと考えるように顎を撫でた。

本当に高柳は、友人として砥上を心配しているのだろう。そう思うと、どちらかといえば軽薄なイメージだった彼も、少しばかり可愛らしく見えた。

「考えられる相手ねえ」

「今までの女性もみんな、落ち着いた大人の女性でしたし。何がだめだったのか、私にはわかりませんけども」

「まあ、確かに見た目はそんな雰囲気だったけどね。そういうのじゃなくて、俺はどっちかっていうと、今まであいつが選んだ無難なタイプより……」

「え、今までのタイプではダメなんですか？　じゃあどうすれば……」

今まさに、そのタイプを目指している真っ最中なのに？

また顔色を変えた悠梨に、高柳は噴き出した。

「本当にあいつが好きなんだなあ」

「……そうですよ。どうしたら好きになってもらえると思います？」

開き直り、顔を真っ赤にして拗ねた口調になる悠梨に、高柳はまた楽し気に笑う。

「……押し倒しちゃえば？　酒でも飲ませて」

「おっ……!?　む、無理です、そんな！」

何てことを、と思わず大きな声を出しかけた。どうにか抑えたものの、声で発散しきれなかったためか、心臓がばくばくと派手な音を立てている。

「そうかなあ。むしろ悠梨ちゃんに手を出したら多分、本物だよね」

押し倒したところで……食指の動かない悠梨では、砥上はきっと相手にしてくれないのだ。

「本物？」

どういう意味だろう。

尋ね返そうとしたちょうどそのとき、部屋の外で靴音がした。慌てて振り返ると、砥上が不機嫌を隠しもせずに、執務室に入ってきたところだった。

体調が悪いような気がしたのは、砥上が仕事中に感情を表に出すことはないからだ。相手が高柳なら多少は正直に出るが、それでもあからさまに不機嫌な顔を見せたりはしない。

高柳の後を追ってエレベーターホールまで来ると改めて頭を下げた。

「お待ちいただいていましたのに、申し訳ございません」

「いいよ、勝手に来たの俺だし。っていうか、大丈夫？」

「ええ、少し体調が悪いのかもしれません。今日は早めに休んでもらうように……」

「いや、そうじゃなくってさ」

そこで言葉を濁し、高柳は苦笑する。首を傾げる悠梨を見つめてしばらく考えていたが、ちょうどポンとエレベーターが到着する音が鳴った。

「ま、いいや。それよりさっきの話、頑張ってみれば？」

「さっきの話？」

「酒を飲ませてってやつ」

最初は何の話か思い浮かばなかったが、にやりと笑った高柳のひとことでボッと顔に火が点いた。エレベーターの扉が開く。高柳は乗り込もうとする寸前に、悠梨を後押しするように肩を叩いた。

「万一玉砕したら、骨は拾ってあげよう」

すうっと閉まっていく扉の向こうに消えた笑顔は、少し面白がっているように見えなかったか。けれど、砥上への気持ちをひとりで抱え込んできた悠梨には、たとえ面白半分でも励ましてもらえたことがありがたく、少しだけ、泣きそうになってしまった。

それはともかく、砥上の様子が心配だ。急いで戻ると、砥上はソファに腰を静めて身体をぐったりと預けて見えた。

早足で近付き、砥上の顔を覗(のぞ)き込む。

「お疲れ様です、社長。大丈夫ですか？」

「何がだ？」

「体調が悪いのかと思いまして……その、先ほども辛そうに見えましたし、仕事があると言いながらただソファに座ってらっしゃるのも珍しいじゃないですか」

そう尋ねても、砥上は問題ないという。けれどやはり眉根を寄せて、とても万全な体調のようには見えなかった。風邪気味なのだろうか。頭でも痛いのなら、風邪の引き始めなのかもしれない。

気を紛らわしたいのか、高柳と何の話をしていたのかと聞かれてまた顔が熱くなる。砥上の話をしていた、なんて言えるわけもなく、気まずくなって目を逸らした。

押し倒せ、と言われても。砥上は今、体調が悪そうだし。いつもどおりの彼だったとして、酒を飲ませて酔わせるなんてこともできそうにない。なぜなら、明らかに悠梨の方が酒に弱いから。

何かと高柳のことを聞きたがる砥上の話を逸らし、それよりもやはり悠梨は砥上の体調が心配で仕方がない。

「……そういえば、少しおかしいかもしれない」

「やっぱり。無理しないで最初からそう言ってくだされればいいのに」

悠梨の目には、砥上が酷くぼんやりとしているように映った。やはり、熱があるのかもしれない。

砥上の額に触れようとして、彼があまりにじっと悠梨を見つめてくるものだから、一瞬躊躇(ためら)って手を止める。それから、さらりとした前髪を指先で避けて、額に手を当てた。

じんわりと手のひらに温もりが伝わってくる。けれどそれは普通の体温で、発熱しているというわけではなさそうだ。今夜一晩、消化のよいものを食べてゆっくり休んでもらえば大丈夫だろうか。

額から手を離そうとしたとき、するりと手首を掴まれた。決して強くはないのだが、逆らえない強さでもある。

「あ、あの」

「ん？」

「熱はなさそうですね……今日はもう急ぎの仕事はありませんし、早めに帰って休んでください」

掴まれた手首以上に、砥上の目が熱いような気がした。その視線に戸惑いながらも、砥上を帰るように促す。

「わかった。部屋まで送ってくれないか」

珍しく甘えるような言葉を言う砥上に他意はないのだと、ただ身体が辛いだけなのだと必死で自分に言い聞かせながら頷いた。

「……かしこまりました」

ほんの少し、砥上の目が弧を描いて見えた気がした。

平日、仕事の終わりに砥上の部屋まで来るのは初めてだ。少しだけドキドキしてしまった自分は、不謹慎かもしれない。

砥上は意外としっかりした足取りで歩いている。

「何か、頭痛とかはありませんか？　風邪っぽいとかも？」

頭が痛むなら痛み止めを飲んで眠った方が、よく休めていいかもしれない。しかし、それなら何か胃に入れた方がよさそうだが。

「よければ、おかゆかおうどんでも作ります。あ、上着脱いで、少しでも楽にしてください」

砥上が言われるままに上着を脱ぐ。それを受け取ろうと近づいて手を差し出したが、彼はそれを悠梨には渡さなかった。

「社長？」

彼は、ダイニングの椅子の背もたれにぽいとスーツの上着をかけてしまった。砥上を見上げると、部屋の照明を背にしていて逆光になり、表情に影が差していた。

先ほどまで体調が悪そうに見えたのに、今は口元に微笑みが浮かんでいる。ただし、少し不穏に見えるものだ。

ぽかん、と間の抜けた顔をしている悠梨に砥上が手を伸ばす。片手が腰を抱きかかえて、砥上がしてやったりと頬にキスをした。そこでようやく、仮病だったのだと気が付いた。

「だっ、騙しましたね!?」

「ははっ」

楽し気に笑う砥上の胸を、どんと叩いた。本当に心配したのに、こんな子供みたいなことをするなんて。抱擁から離れようと両手で砥上の胸を押した。しかし、拘束は少しも外れない。

「もう、なんでこんなしょうもない嘘を……ちょっ、んっ」

頬をキスで啄まれ、砥上の唇はこめかみ、耳へと移動する。同時に生まれる甘い痺れが、ただくすぐったいだけの感覚とは別物だということを、悠梨はもう理解していた。このまま舌を這わせられれば、もう身体に力が入らなくなってしまう。

平日は、朝以外は『秘書』の時間だ。そして、夜に男の部屋に上がるなと、以前悠梨に教えたのは砥上だ。

あのとき、確かに砥上の目の中に見た熱に、今にもまた襲われそうな気がした。

「もう、お元気そうですので、私はこれで失礼しますっ。くだらない悪戯はやめてくださいっ」

ちょっと笑いながら怒れば、冗談で済ませられるのではないかと思った。しかし、上半身を捻って逃れようとしても、砥上の腕は悠梨をあやすようにしながら離れない。

「こら、逃げるな」

なぜだろうか。彼は笑っているのに、悠梨はどんどんと追い詰められているような気がした。砥上の豹変に混乱しながら、抱きしめられたまま後ずさる。数歩下がると悠梨の足が何かにひっかかり、バランスを崩した。

「んひゃっ」

いきなり倒れることはなく、砥上の腕に支えられながら身体が傾ぐ。ぽすんと硬めのスプリングにお尻を受け止められて、そこがソファの上だとわかった。そのまま押し倒されそうになって、悠梨はふたたびドンッと砥上の胸を両手で叩く。そうして、悔し紛れに砥上を睨んだ。

「酷い。本当に、心配したのに」

懸念していたのだ。感情を、あんな風に顔に出すような人ではないから。よほど辛いのかと心配したし、砥上に無理な仕事配分をしていたかと、反省もした。それなのに、仮病だなんて。

悠梨の非難に、砥上は一瞬、今目が覚めたように瞠目して、それから笑った。そのまま悠梨の肩に額を落とし、ぽつりと零す。

「どこかおかしいのは、嘘じゃない」

「え？」

「体調は、問題ない」

甘えるように悠梨の首筋に顔を摺り寄せる。今日の彼は、まるで子供のようだ。そもそも、体調が悪いフリをするなど子供のわがままそのものではないか。

こんな風に、男性に甘えられた経験など、悠梨にはもちろんない。少しだけ、怖いと思っていた感情が和らいだ。そろりと砥上の頭に手を伸ばすと、指でそっと髪を梳く。絆されてしまったような、そんな仕草をしてしまったことがいけなかったのだろうか。

首筋で砥上が笑った、そう思った途端、いきなりかぷりと肌に歯を立てられた。

「ああっ！」

今までで、一番容赦ない気がする。甘噛みしたまま、歯の間にある肌の上をぬるぬると熱い舌が滑り、そのたびに悠梨の身体が勝手にびくびくと反応した。

「や、あ、あああ」

砥上の唇が肌を吸い上げながら首筋を辿り耳朶に触れ、悠梨は甘い痺れに身体の力を奪われる。

咄嗟(とっさ)にソファのひじ掛けを掴み、砥上とソファの間から抜け出そうとして、今度こそしっかりと押し倒された。

「だから」

砥上の大きな手が頬を包む。その手はすぐに首筋まで辿って先ほどまで自分が嬲(なぶ)った跡を擽(くすぐ)り、その指先でうなじをなぞった。

「逃げるなと言っただろう」

「社長っ、ほんとに、もう許して……」

「違うだろう？　ふたりきりのときはなんて呼ぶんだった？」

ソファのスプリングがふたり分の体重を受けて微かに軋む。

怖い。今までになく本気で彼に押し倒されているような気がして、それがよくないことなのはわかっている。けど触れられるのは嫌じゃない自分がいる。

肌にキスをされて恋人のように振舞われることを、身体は自然と受け入れようとしている。頬や、耳や、首筋。これまで砥上が落としたキスの心地よさを、身体は覚えているのだ。

悠梨の両手が、震えながらも砥上の胸を押した。少しでも距離を取りたかった。今はまだ、理性がちゃんと働いている。

「……夜に、男の部屋に来るものじゃないって言ったのは社長じゃないですか。それなのに、こんな」

騙すようなやり方で、連れてくるなんて。

言葉の途中で、唇に砥上の指が触れる。拒絶の言葉は聞かないと言われているような気がして、悠梨は息を詰めてしまった。

「ガードが固すぎるより、多少は隙を見せてくれた方が俺好みだ」

鼻先が触れるほどの距離で見つめながら言い聞かせられたその言葉に、胸の痛みを感じた。

『隙を見せてくれた方が』

それではまるで、ひとときの相手を望んでいるようではないか。

――だけど。高柳の言った言葉が頭を掠める。三年前に見た貝原と砥上の立ち姿が目に浮かぶ。あの綺麗な人が、今は彼の近くにいる。昼だけのデートで、暗くなる前に健全に家に帰されてしまう自分とは違う、あの人が。だけど今、その砥上が悠梨に触れようとしている。

ふっと、身体の力を抜いた。小刻みに震える悠梨の手首が砥上の手に捕らえられ、ゆっくりと顔の横へと促される。怖い、と声に出してしまう寸前でどうにか呑み込んだ。

砥上の表情が笑みに歪む。彼は、女を抱くときこんな風に笑うのかと思うと、それを知る過去の女性に胃が焼け付くほどの嫉妬を覚える。少しすさんで見えるその微笑は、ぞくぞくするほど艶かしく、思考回路をひたひたと侵す毒のようだった。

「……て、ください、一矢さん」

その毒で、痛みと熱に胸も侵され、傷つくことがわかっているのに縋り付かずにはいられなかった。

砥上に振り向いてほしくて、思いついたことだったのに。いつのまにか、抱きしめてもらうことに慣らされた。恋人のフリで隣にいられる箱庭のような時間が、今度は手放せなくなってしまった。たとえ、彼の気持ちがここにはなくても。

もう、他の女性のところにいく姿など、想像もしたくない。それなら、ここにいてほしい。

「……どうしたら、触れてもらえますか」

そのセリフを言えばどうなるかくらいは、悠梨にだって読めていた。

一瞬、砥上の目が細められ、冷たい怒りのような光が宿る。けれどそれはすぐに悠梨の視界から消え、ぐっと寄せられた顔に塞がれてしまったのは唇だった。

あ、と思ったのはほんの一瞬だ。ファーストキスだった。砥上は、もう忘れてしまっただろうか。わからない。ただ、騙して部屋まで連れてきてソファに押し倒した割には、酷く優しいキスだった。

「ん……」

柔らかな唇の肌同士が触れあうのは、初めて知る心地よさだった。ゆっくりと、食むように何度も啄(ついば)んで、やがてどちらのものともわからぬ唾液で濡れて滑る。

気持ちいい、けれど酷い緊張で、閉じた瞼がぴくぴくと痙攣(けいれん)してしまう。どうやって息をしていいのかもわからず、その息遣いから砥上に緊張が伝わったのだろうか。

優しく頬を撫でる親指に宥められ、少しずつ身体の緊張を解く。

悠梨は、難しいことを考えるのはやめた。ただ、ずっと近くにいながら遠い人だった彼が、自分の唇に触れている。その夢の中にいるような幸せに、浸った。

「……悠梨」

口づけの合間に呼ばれる名前が、自分のものであることにほっとする。ちゃんと、悠梨だとわかって、触れてくれている。少なくとも誰かの代わりや誰でもいいわけではないと、そう思えた。

砥上が角度を変えて、深く口づけた。唇の隙間を擽り、濡れた舌が悠梨の歯列を撫でて、突く。何を催促されているのかは、なんとなくわかる。だけど、それをするタイミングもわからず勇気もない。

「……開けられるか？」

少しだけ離れ、鼻先が触れあう近さで砥上が囁く。もう、手は拘束されていない。砥上の片手は悠梨の頬を撫で、もう片手は前髪をかきあげて悠梨の緊張を緩めていた。

数度瞬きをして、唇を開く。ごくごくわずかな隙間だったが、それを砥上の唇が覆って厚い舌がこじ開けた。そうなるともう、後は流れに身を任せるほかなかった。

喉の奥に引っ込みかけた悠梨の舌に、砥上の舌が絡みつく。じんじんと痺れるまで擦り合わせ、口の中をかき混ぜられた。ぐちゅくちゅと鳴る唾液の音が激しくなり、口の端から零れそうになる。

どうしたらいいのかわからなくて、どうにもできなくて呑み込んだけれど、それでも少し零れてしまった。ぎゅうっと砥上のシャツを縋るように握りしめる。

ちゅ、と小さな音を立てて唇が離れた。けれどすぐに唾液を拭うように、唇の端から耳の方へと辿っていく。

耳朶に辿り着いたとき、ぬるりと舌で舐られた。

「んあっ！」

堪えきれずに零れた声。それを皮切りに、抑えることなどできなくなった。耳の縁を舌先で辿られ、砥上の下で身体を捩る。

「本当に、耳が弱いな」

「ん、やんっ」

耳珠に口づけられながら囁かれる。砥上の低い声が鼓膜を叩き、悠梨は陶然と目を細めた。今は何も考えない。そう決めたけれど、何も考えられなくされてしまった。

「あ、あ、あ……」

さっきは口の中でしていた音が、今は耳に直に響く。耳朶から耳孔まで、たっぷりと舌で嬲られながら、その間に砥上の手が悠梨のブラウスを乱しにかかっていた。前のボタンを上から順に外し、スカートのウェストから薄い布地を引っ張り出す。開けた襟から砥上の手が入り込み、悠梨の、ややささやかな膨らみに触れた。

びくりと悠梨の身体が震える。耳を舐っていた砥上の舌が止まり、数秒の静止がそこにあった。

「あ……」

胸にある砥上の手を意識して、身体が震えた。それが砥上を煽ったのか刺激したのか、突然首筋に吸い付かれ、胸の手がするりとブラのカップの中に入り込む。

「ひゃあ、ん」

指が胸の先を掠めた。砥上の手はブラのカップを押し下げ悠梨の片方の胸を零れさせ、もう片方の胸も同じように露わにする。右手は左胸の弾力を確かめるようにやわやわと指を動かし、唇は首筋から鎖骨、さらに胸へと降りていく。

悠梨はただただ、必死で逃げないようにするだけだった。手は砥上のシャツの上に常に居場所を探して彷徨い、彼が身体を下げるたびに場所を変えて布地を握る。

唇が、膨らみに触れ敏感な先に近づく。うっすら目を開け、それを見てしまってかあっと頭が熱くなった。だけど、目が離せない。悠梨が見ている目の前で、砥上の唇の中に、悠梨の薄桃に色づいた胸の先が呑み込まれた。

「あああっ」

くらくらする。砥上の口の中で、ころころと舐め転がされ芯を持ち始めたそこから、痺れるような甘い刺激が広がっていく。円を描くように舐めて、歯で甘噛みし、舌先でぷるぷると弾かれる。

「あ、あ、やあ、はあ」

つん、と尖るまで育てた先を唇から解放する。薄桃だったそこは濡れて色を濃くし、いやらしいほどに立っていた。唾液で滑りのよくなったそこを砥上の指が弄り、唇はもう片方の胸に吸い付いた。

「あああん」

両方の胸を一度に弄られて、こらえきれずに背筋がしなる。胸を突き出すような姿勢は背中が浮いて、砥上の空いた片手が滑り込んだ。ぷつ、と背中のホックが外され、ブラがさらにずり下がる。

もっとも、もうとっくに役目など果たしていなかった。

胸を弄(いじ)られているだけで、すっかり砥上の思うままにされているような感覚になる。指と唇で凝(こご)った先を捏(こ)ねながら、もう片方の手がしなる悠梨の身体から上手く布地を剥いでいく。上半身のブラウスはすっかり乱され、腕に引っかかっているだけだ。

胸の愛撫を続けていた手が、脇腹を撫でて身体のラインを膝までなぞり、片足を曲げさせる。もう片方の足は、砥上の身体に乗られてまったく動かすことができない。乱れたスカートの裾は捲(まく)れ上がり、あられもない格好になっていた。

砥上が、胸の先を強く吸い上げ、悠梨がまた嬌声(きょうせい)を上げた。ちゅぽ、と胸の先が彼の唇から解放されふるりと揺れる。砥上が悠梨の片足を手で支えたまま、全身ずり上がり、悠梨の顔を覗(のぞ)き込んだ。

「やはり、ソファは狭いな」

熱にうかされ、焦点の定まらない悠梨の顔を見つめて嫣然(えんぜん)と笑う。その砥上の目もまた熱を帯びて、いつもと違っていた。

悠梨も砥上も、どちらもきっと、おかしくなっていたのかもしれない。

初めてなのに、もうやめてもらうつもりなど欠片もなくて、怖いくせに、狭いならベッドに運んでほしいとさえ思った。

砥上は狭いソファの上で器用に動く。足を持つ手をするりとスカートの中まで動かし、内腿を辿る。下着の上から湿り気の帯びた足の間を軽く掠めたかと思えば、お尻まで手のひらを潜らせて。

「え、や、あ……」

お尻の方からショーツを指に引っ掛け、腰を軽く持ち上げさせて太腿辺りまで一気にずらしてしまった。

「あ、やだ、社長っ……」

彼が上半身を起こす。下敷きにしていた悠梨の片足を解放し、悠梨に両足を曲げさせて自分は足の間に身を置くと、ショーツを片足からするっと抜き取った。

ここまでの動作をどうすることもできずに見ていた悠梨だったが、宙に掲げられた足の片方に引っかかったショーツを目にして、どこかに飛びかけていた羞恥心が引き戻された。

「やっ……！」

少しでもその場所を隠そうと、両足を曲げて丸くなる。ぴったりと閉じ合わせた膝を、しかし砥上の大きな手がゆっくりと開いていく。

悠梨は、初めてだ。唇へのキスも、それだけでなくこの数週間、砥上が唇で触れたほとんどの箇所へのキスも、初めてだった。今、暴かれそうになっている場所も。

混乱のあまり、悠梨は涙目になってイヤイヤと顔を振った。けれど、砥上の身体が容赦なく足の間に入り込む。前屈みになり、泣き出しそうな悠梨の目の前まで近づいた。

「しゃ、社長、わたしっ……」

「朝羽」

こんなに甘い声で『朝羽』と呼ばれたのは、初めてだった。この声はいつも、『悠梨』と呼んで恋人の真似事をするときのものだ。

「朝羽」

繰り返し呼ばれ、砥上の目を見つめ返す。内腿の素肌が、熱い手の感触を拾いびくりと身体が跳ねた。

「朝羽に、触れたい」

「んっ」

「お前が欲しいんだ、朝羽」

まるで何かに酔っているように、砥上の目はうっとりと熱を帯びていた。それでいて、瀬戸際で悠梨の答えを待っている。

……私が、欲しい？

じわりと涙が滲みそうなほど、目の奥が熱くなる。疑似恋愛の時間に彼に『悠梨』と呼ばれるのではなく、今この瞬間に『朝羽』と呼ばれたことで、偽りなく自分自身を求められているような気がした。

「朝羽」

言い募りながら、返事を邪魔するように唇を啄まれる。砥上は聞く耳はなさそうだが、悠梨の答えは決まっていた。

怖い。けれど嫌じゃない。

何度目かのフレンチキスに、悠梨も微かに顎を上げて応えた。すると、繰り返されるキスは舌を舐め合うものになり、やがて舌と舌の境い目はなくなった。

キスをしながら、内腿にあった砥上の手が少しずつ奥へと進んでいるのに気付くと、緊張と恐れで心臓が痛くなる。それを、絡まる舌に集中して紛らわせた。

「ふっ……う」

指先が、ひっそりと閉じていた秘所の割れ目に触れる。わずかに指が隙間に潜り込むと、その指先を蜜が濡らした。

頭の中が、羞恥で沸騰しそうだ。立てた膝がかくかくと震えた。砥上はキスを続けながら濡れた襞（ひだ）を撫でている。

くちゅ、ちゅぷ、ちゅる、ぷちゅ。

水音は一体、口か秘所かどちらのものなのか、聞いていてよくわからない。中指が今までで一番深く、襞（ひだ）の奥まで入り込み、膣から零（こぼ）れる蜜を掬（すく）いとる。その指で襞（ひだ）が重なる上部、しこり始めた花芯に触れた。

「ふあっ！　んんぅ」

敏感過ぎるそこは、ひと撫でされただけでびくりと身体を震わせた。驚いて開いた唇に砥上の厚い舌が入り込み、上顎や頬の裏を舐めまわし口内を蹂躙（じゅうりん）する。その間も、指がくるくると花芯の上で円を描いては、摘まみ、捏（こ）ねる。

悠梨は、体の中をせり上がってくる愉悦に混乱した。こんな愉悦は、快感は、知らない。喘ぎはすべて、砥上の口の中に食べられてしまう。怖いけど、逃げられない。それを与えているのは、今、目の前にいる人なのに、手が勝手にその逞（たくま）しい上半身に縋り付いた。

「んん、ふぅ、ああっ」

花芯を指で挟まれ、小刻みに揺すられると堪らず身体がのけ反った。

「ああ、いや、いや、なに、やあぁあ」

じゅん、とお腹の奥が熱くなる。揺すられている場所も、濡れた襞も痺れて熱い。

「こわい……っ」

何かが、悠梨の身体の中を満たして塗り替えていくようで、抵抗するように頭を振った。こわい、何かがくる。身体がなにひとつ自分の思うままにならない状態で、知らない何かが。

「悠梨、大丈夫だ」

「あ、あん、だ、いじょうぶ？」

「……気持ちよくなるだけだ」

身の内を流れる快感に翻弄されながら、砥上に尋ねた言葉はろれつが回らない幼子のようなものだった。

……だいじょうぶ。きもちよく、なるだけ。

汗ばんだ額に口づけてくれる砥上に縋り付く。微笑みを浮かべる口元とは相反して砥上もまた何かを堪えるように眉根を寄せ、汗を滲ませていた。

余裕のない、そんな表情だと思ったとき、きゅうっと身体の奥を引き絞られたような苦しさを覚えた。

「はあっ、ああ、ああっ」

掴んだ砥上の肩に爪を立てる。頭が真っ白になって、視界も見えているのかどうかぼんやりと霞んだものになり、身体が痙攣する。砥上の腕が、しがみついて離れない悠梨の肩を強く抱きしめた。

「ひああああんっ！」

あられもない声を上げて、悠梨は達した。しかし、秘所を弄る砥上の指は止まらない。

「ああ！　だめ、いや、だめぇっ」

達したばかりのそこは、指で触れるたびにびりびりと電流が走ったように、痛みと快楽を同時に産んだ。濡れそぼった蜜口の周囲、襞がジンジンと熱く疼いて仕方がない。

砥上が肩を抱いていた腕を解いて、上半身を起こす。だらりと弛緩し、まともに動かない悠梨の片足をソファの背もたれに引っ掛けさせ、もう片方は膝の裏を掴んで開かせた。

空いた手が、乱雑に自分のネクタイを掴んで引き抜き、ぽいとどこかに放り投げる。苦しげに眉根を寄せ壮絶な色香をまとう砥上の顔を、悠梨は激しく打つ自分の鼓動を聞きながら見つめている。

「……え？　あ、やだ、うそ……うそっ、やああんっ！」

その綺麗な面が自分の足の間に伏せられるのは、まるで夢か幻のようで信じられず、湿った熱い吐息が秘所に触れて現実だと気が付いた。咄嗟に砥上の黒髪に手を伸ばし押し返そうとしたのだが、それより先にぬるりと舌が襞を舐めた。

「ああんっ」

びくびく、と腰が跳ねる。砥上の舌は止まらず、襞の形を確かめるようにくまなく隅々まで這いまわった。悠梨の手が砥上の黒髪を握り、押し戻そうとしても少しも離れない。舌だけでなく唇も使い、まるで唇同士のキスのように彼はその場所を愛撫する。唾液を啜るように蜜を吸い上げられ、その刺激で悠梨の膣が今にも溶けだしそうに熱く痺れた。

「ああ、あ、ああっ」

だらしなく開きっぱなしになった口から、唾液が零れてもどうすることもできない。ただただ嬌声を上げ、過ぎる快感を与えてくる愛撫から腰を揺らして逃げようとする。それが砥上は面白くなかったのだろうか。

　割れ目をひと息に下から上へ舐め上げると、咎めるように強く花芯に吸い付いた。

「ひうっ！　あああああ」

視界の中でチカチカと星が飛び、また頭の中が真っ白になる。びくんびくんと跳ね続ける腰を砥上は両腕を使ってしっかりと押さえ込み、まだ逃がしてくれなかった。

「やら、やらあ、ああう」

「大丈夫だ。……ああ、可愛いな、ほんとうに」

花芯に口づけながらそう言い、砥上の指が襞を左右に広げた。隠れていた花芽は、剥きだしにされ空気に触れただけで疼き出してしまう。そこに、砥上の舌がねっとりと絡みついた。

悲鳴を上げる。何が大丈夫なものか。息をするのもままならないほど快感を与えられ、溺れさせられる。痛いと思う間もなく、指が一本蜜壺の中に潜り込む。すぐに二本目が入り込んだときは、少し引き攣れるような痛みと圧迫感があったが、花芽を弄られてすぐに消し飛んだ。

花芽を吸われながら、膣壁を二本の指で解される。達することを覚えたばかりの身体は貪欲に快感を拾うようになり、その行為の中でもう何度果てを見ただろうか。

最初軽い抜き差しを繰り返していただけだったその指は、やがて膣壁を押し広げるように中から揉みほぐしていて、悠梨は喘ぎながら、その行為の意味を理解した。

つながるための準備をしているのだ、と。

きゅうん、と下腹部が鳴いた。指を締め付け収縮しているのがわかる。絶頂を助けるように、砥上の舌が上下左右に花芽を舐め転がしている。

喘ぎ過ぎて掠れた声で、悠梨の身体は大きく波打ち背を反らせて痙攣(けいれん)した。

これまでで一番大きな快感だった。悠梨の身体は細かな痙攣(けいれん)を繰り返しながら、ゆっくりと弛緩していく。ぐったりと腕も足も力を失ったとき、砥上が顔を上げくちゅりと音をさせながら指を引き抜いた。

膣壁が擦れた刺激とわずかに感じた寂しさに、ぴくりとだけ反応する。だけどもう、悠梨の身体は言うことを聞かない。悠梨の意思では動いてくれない。

目だけを動かして、砥上を見つめる。それすらも、ぼんやりとして輪郭が乏しいものだ。

くすりと笑った気配がして、砥上の腕に抱き上げられる。

「まだ眠るなよ」

ふわりと身体が浮いて、こめかみに愛おし気に触れるキスに目を閉じる。ゆらゆらと揺れて意識が本当に遠ざかりかけたけれど、それより先に柔らかな場所に下ろされた。

薄く目を開けると、見慣れない天井がある。ベッドサイドに立った砥上が、袖のボタンを外し、ワイシャツを脱ぎ捨てていた。ああ、ここは寝室で、私はベッドの上なのか、とそのとき気が付いた。

これまで、中に声をかけるだけで踏み込んだことのなかった、砥上の領域だ。

悠梨がぼんやりとしているうちに裸になった砥上が、ベッドの上に乗り上がる。悠梨の腰に触れると、ファスナーを下ろしてスカートを取り去った。ブラウスは、いつからか、すでにない。

足を開かされその間に砥上が身を置く。悠梨の手を取り、彼が導いた先で熱く硬いものが触れた。

――これは、何。

それが砥上自身だと気付いたとき、悠梨は真っ赤になって手を引こうとした。しかし砥上の手がそれを許さず、握らされる。触った感触から伝わってくるのは、皮膚とは違う人工物のつるりとした感触だ。悠梨がぼんやりしているうちに砥上は避妊具をつけてくれていたらしい。いや、それより、それよりも。

羞恥心も忘れて、目線が勝手にそこに向かい、青ざめた。

「え……いや、うそ」

「……ここまで来て嫌だと言われたら、さすがの俺も傷つくぞ」

「だって……こんな、変ですよ。無理……、無理でしょう？」

男性のものを見たのはこれが初めてだ。だから比べる相手などどこにもいなかったのだが、これは絶対、規格を外れた大きさではないのか、と悠梨は震えた。

入るはずがない、というのを『変』という言葉で表現したのがおかしかったのか、砥上はくすりと笑う。

「そんなことを言うな。散々に煽られてこうなった」

「煽っ？」

「悠梨に煽られた」

嘘だ。そんなことはしていない、と真剣に顔を振る。だが、砥上は笑顔を引っ込め、真剣な表情で悠梨を見つめた。

「お前が欲しくてこうなってる」

「……わ、私？」

「悠梨が欲しぃんだ」

砥上が真直ぐに悠梨を見つめたまま、覆い被さる。悠梨の手にはまだ、砥上自身を触れさせたままで、たっぷりと蜜を溢れさせる秘所へとそれをあてがった。

途端、恐れが蘇る。初めては痛いと聞く。それにこれは、入らない、絶対。

泣き出しそうな悠梨の目尻に口づけ宥め、砥上が言った。

「悠梨。俺を見ろ」

「……は、い」

「今、誰に抱かれてる？」

くちゅりと音を立てて、熱い先端が入り口を押す。まだ痛みはなく、悠梨の口から吐息が零れる。

「悠梨を抱くのは誰だ？」

「社長……、い、一矢、さん」

「そうだ。ちゃんと、俺を見ていろ」

砥上の黒い目を見つめながら、身体の感覚は、熱く自分の中を押し広げていく一点に絞られる。砥上のものが少しずつ自分の秘所に沈んでいくのが、握らされた手からも伝わっていた。

「ひっ……い、あ！」

痛みに喘ぎ、顎を上げる。ずず、ずず、と、彼が小刻みに腰を揺すりながら押し進み、少しずつ深くなった。酷い圧迫感で、骨が軋む音が聞こえるような気さえする。引き裂かれるような痛みと、熱で焼かれるような痛みが、砥上が深く沈むほどに強くなり下肢が強張った。

「いや、いたいっ……あうっ！」

砥上の腰が一度動きを止めた。大きな手で震える内腿や下腹を労わるように撫でられ、もう一度砥上の目を見る余裕ができた。

「……力を抜けるか？」

そう言った砥上の眉間には、くっきりと皺がある。彼も痛いのだろうかと、ついそこに手が伸びた。眉間の皺を伸ばすように指で摩(さす)ると、砥上が呆気にとられたような顔で悠梨を見おろしていた。

「……あ、ごめんなさい、なんか、痛そうだと思って」

「……今痛いのはお前の方だろう」

呆れたように笑った砥上が、眉間に触れた悠梨の手を取った。それから口元へと運び、指先にキスをする。初めてそうされたときのことを思い出し、あれからまだ四週間ほどしか経っていないのだと気が付いた。

今、こんなに近い距離にいるのが、夢のようだ。夢なのかもしれない。けれど身体は軋むほどに痛んで、現実だと教えてくれる。その痛みが嬉しいから、受け入れられるものなのかもしれない。

砥上の表情は、まだ何か苦しそうだ。悠梨の手にキスをしながら、悠梨に縋っているようにも見える。

「私、大丈夫です」

キスされている指先を動かして、砥上の唇を撫でてそう言った。すると、彼は目を眇めて息を吐く。

「朝羽はいつも、俺の心配ばかりだな」

「だって、それが、私の仕事で」

仕事であり、唯一、砥上に関われることでもある。だから悠梨にとって、仕事と恋は切り離せないものでもあった。

だが、砥上はむっとして顔を歪めた。怒っているというよりは、どことなく拗ねたような表情に見える。

「仕事熱心なのはいいが」

「あっ!」

ぐっと腰を押し付けられて、息を詰める。

「こんなときくらい、自分の心配をしろ。泣いて、縋って、甘えて、ぐずぐずになる悠梨が見たい」

なんていう、鬼畜なことを、という苦情は口には出せなかった。

砥上の唇が悠梨の指を含み舐めまわしながら、片手で悠梨の腰を掴んで引き寄せる。

少し話をして身体の力が抜けていたのかもしれない。

「あぁ――っ」

ぐ、ぐっと二度、腰を押し付けられてぴたりと下肢が密着する。みっちりと奥まで埋め尽くされて、息苦しさに喘いだ。

「悠梨……っ」

散々キスされた手はまだ解放されない。彼の手の指と絡まって、シーツに縫い留められた。

「痛むか」

痛くない、と嘘はつけなかった。ヒリヒリして、ずくずくして熱を持ったように疼(うず)いて、下手に動けばもっと痛みそうでぴくりとも動けない。

こくこくと何度も頷くと、彼が空いた手で額に張り付いた前髪を払い、キスをした。

額に始まり、瞼や眦。顔中に唇で触れられて、ふと思う。

「……一矢さん、キス、好きなんですね」

「……そうか?」

気持ちいい。どこにキスされても、心が温かくなる。ほっとする。特に今は、なぜか。

しばらく考えていた彼だったが、頬に口づけながら「そうかもしれない」と呟いた。

「今まで知らなかったが。……つい、こうしたくなる」

今まで何気なくこうしてて、考えたことも言われたこともなかったということだろうか。これまで、砥上に抱かれた女性はみんな、こんな幸せな思いをしていたのか。

ずきん、と胸が痛んだので、溢れる感情に蓋をした。

考えない、今は。

頬にある砥上の唇に、自分の唇を近づける。微かに皮膚が触れあって吐息が混じり、次に差し出した舌が絡まり合う。

砥上の腰が、ゆっくりと悠梨の身体を揺すり始めた。まだ慣れない悠梨の身体を気遣ってなのだろう。抜き差しは激しくせず、優しく自身で奥を突き捏ねるように腰を回す。

まだヒリヒリと痛むものの、優しいキスに心が解かれれば、身体も反応して濡れてくる。

幸せな痛みなんてものがあるのだと、初めて知った。堪える声に甘いものが混じり始めれば、砥上の腰使いも徐々に大胆になる。

焦らすようにゆっくりと、繋がりが解けてしまうギリギリまで楔が抜かれ、悠梨の膣壁が引き留めようと妄りがましくまとわりつく。ずんと奥を突かれれば、頭の中まで衝撃が伝わり身悶えた。

「あ、あん、あぁっ、あぁっ」

いつのまにか、痛みよりも愉悦が勝り、髪を振り乱して砥上の熱を受け止める。律動は激しくなり、悠梨は空いた片手で砥上の肩に縋り付いた。

「……悠梨」

「んん、ふあっ、あああ」

「可愛いよ、悠梨。そのままでいい」

砥上が悠梨の両足を肩にひっかけ、さらに奥へと自身を捻じ込む。爪先まで痺れチカチカと明滅する視界に悠梨はぎゅっと目を閉じた。

その首筋に顔を埋めた砥上の息遣いも、荒い。自分だけが夢中になっているわけではないのだとわかり、少しほっとした。

「……忘れてしまえ」

「あっ、ああっ、ああっ」

「お前の魅力がわからない男なら、忘れてしまえ。悠梨は、そのままでいい」

砥上が何かを言っている。悠梨の耳に届いていたが、意味を理解する前に快楽に塗りつぶされて消えていく。

腰が、腹の中が溶けだしてしまいそうに熱い。ぐずぐずに濡れたそこが、砥上の熱い楔(くさび)に擦られてさらに熱を生む。

だけれど、指や唇で愛されたときのような明確な快感ではなく、身体が昂(たかぶ)るばかりだ。あの、抗えない恍惚とした一瞬に、届きそうで届かない。

そのとき砥上の手が脇腹を這い、腰骨を撫でてふたり繋がる場所に近づく。下腹を軽く押さえたかと思うと、親指が花芽に触れた。

くりくりと親指で捏(こ)ねられながら、奥を突かれると嬌声(きょうせい)は悲鳴じみて部屋に響く。腰がぶるぶると震え、背が仰け反り全身が戦慄いた。

「うああっ、や、あ、ああああ」

びくん、と雷に打たれたように身体が跳ねる。絶頂の中、咽喉から絞り出される嬌声は自分のものとは思えないほど甘く艶やかだった。

きゅうと下腹部が収縮し、中にあるものを強く締め付ける。耳元で、まるで獣のような唸り声を聞いた直後、悠梨の足の間で砥上の腰も震えた。

「……っ、くぁ」

「ひあ、ああ……っ」

腹の中で膨れ、びくびくと跳ねている楔から、やがてじわりと熱が放たれた。避妊具があるはずなのに、奥の子宮の入口で熱が染み渡る。

「ああ、あああ」

その熱が、快楽の余韻となって悠梨の全身に広がり、満たされる。

ほう、と熱い息を吐き出した直後、ずるりと身体の中から砥上が出て行き、その刺激にさえ身体が震えた。

「あ……んっ」

ぶるりとシーツの上で身震いをする。砥上が起き上がり、自分から離れていくのがわかり、酷く寂しい。けれど身動きひとつできずにいると、すぐにその温もりは戻ってきて背中から悠梨を抱きしめた。

「悠梨……」

「あ……ふあ」

大きな手が悠梨の身体をゆっくりと撫で、首筋やうなじに唇が触れる。緩やかな心地よさと刺激に、恍惚として脳の中まで蕩(とろ)けてしまいそうになる。しかし、身体は軋むように痛みを訴え始めてもいた。

「あ……い、一矢さん？」

「ん？」

もう、終わったんじゃなかったのだろうか？

しかし、悠梨の太腿の辺りで、さっき欲を吐き出したばかりのものが、また硬く熱く反り返っているのがわかる。

ひ、一晩でそんな何度もするもの？　しかも休憩なしなの？

困惑しつつも抗えずにいると、砥上がくすりと悠梨の首筋で笑った。

「悠梨を気持ちよくしたいだけだ」

「……きもち、よく？」

しっとりと汗ばんだ肌の上を砥上の手が撫で続ける。確かに、これは気持ちがいい。労わられているようで……しかしずっと続けられると、また身体の奥で熱が灯りそうな、そんな愛撫だ。

「疲れたなら、このまま眠ればいい」

くったりとベッドと砥上の腕に全身を預け、そんな風に甘やかされると悠梨の意識はとろりと溶ける。

「ふあ……」

ふと気を抜けば、眠ってしまいそうだ。

「悠梨……」

砥上の声が、甘く悠梨を呼ぶ。肌を撫でて労わり、愛しむその手が愛情に溢れているようで、幸せすぎて涙が出そうになった。

——寝たら、だめ。もっと、もっと……

もっともっと、その声を聞いていたかったし、撫でてくれる手を感じていたかった。

第十章　クリスマス・イブまでのカウントダウン

悠梨のスマートフォンは、毎朝五時にアラームが鳴るように設定してある。いつもならスマートフォンは枕元に置いてあって、三秒くらいですぐに手を伸ばしてアラームを止めるのだが。

今朝は、なかなか目が覚めなかった。アラームが鳴っているのは聞こえているが、頭がすっきりと目覚めてくれない。止めなくちゃ、と思うのに身体が重くて手が持ち上がらない。

それでも、いつまでも鳴り響かれてはゆっくり眠れない。いや、寝てはいけないのか、なんのためのアラームだっけ。

そんなことを考えながら、どうにかシーツの上を手がスマートフォンを探して彷徨(さまよ)う。しかし、いつもならあるポジションにスマートフォンがない。

どうして、と薄目を開ける。身体だけでなく瞼すら重い。腰や足がギシギシ痛むし、あまりに重怠くて起き上がって探す気力もない。

風邪でも引いただろうか。そういえば、昨日砥上も体調が悪そうで……

そこまで考えて、はたと手が止まる。そういえば、体調が悪そうに見えたのは仮病だったんじゃなかったか。

思い出して、ようやく思考回路が働き始めた。

仮病だってことがわかって、抱きしめられてキスされて……？　それから？

ピピピピとまだアラームは鳴っている。寝ぼけ眼（まなこ）を凝らして、ここが今どこなのかをようやく考え始めた。

……知らない寝室、知らないベッド。重い身体は、単に疲労がたまっているというだけでなく、何か物理的に、重い？

背中で、低音の唸り声が聞こえてどきりとした。悠梨の身体を圧迫していたものが、背後から抱きしめてくる逞（たくま）しい腕だとわかった。その腕が不意に悠梨の斜め頭上、ベッドサイドのテーブルの上に伸ばされた。

そこに悠梨のスマートフォンが置かれていたらしい。

「……は？　五時？　……なんでこんな早朝にアラームをセットしてるんだ」

掠れた寝起きの声は、悠梨がよく知っているものだ。その声の主、砥上はアラームをとめてスマートフォンをまた元の場所に戻すと、ふたたび悠梨の身体に腕を絡めた。片腕は頭を抱き寄せるようにしていて、頭の天辺（てっぺん）に砥上の温かな息が触れる。

ぴたりと触れ合った身体がどちらも素肌であることに気が付いて、昨夜の記憶が一気に思い出された。

「……悠梨？　いくらなんでも早すぎる。もう少し寝ていろ」

そう言って、砥上は悠梨を固く抱きしめたまま、ふたたび寝息を立て始める。悠梨は、カチコチに固まったまま、身動きが取れなくなった。

たくさん愛されたのは覚えている。酷く強引だったことも、けれど決して乱暴ではなく優しく抱いてくれたことも。

そして、結局一度では終わらず、うつらうつらとしながら目が覚めると抱かれゆっくりと貫かれ、快楽を植え付けられた。

激しかったのは最初の一度で、その後はひたすら時間をかけて愛され、彼が達したのかどうかもわからない。ただ、悠梨はもうわけがわからなくなるくらいに何度も上り詰めた。

抱かれている間中、とても幸せな言葉をいくつも聞いた気がする。思い出せば、きゅんと胸が苦しくなる、夢のような夜だった。

うしろにいるのが本当に砥上なのかと、改めて確かめたくなってくる。腕の拘束の中で、そろりそろりと寝返りを打ち、砥上と向かい合った。

目の前に鎖骨があって、寝息は頭上から聞こえる。少しだけ上半身をうしろに引いて砥上の顔を窺(うかが)った。

信じられないけれど、本当に砥上だった。ぽてんと枕に頭を落として、無防備な寝顔を見せているのは確かに砥上だ。

「……きれー」

伏せた睫毛が長い。整った顔立ちに、乱れた前髪がはらりと落ちて、壮絶に色っぽい。とん、と顎の辺りに指で触れてみても、ぴくりとも動かない。

ごそごそ動いても全く起きる気配がないのは、やはり砥上だなと思う。しかし、身体を離そうとするとすぐに腕が腰を引き寄せて、逃げられない。どうやらそれも、眠りながらの無意識の行動らしい。

お腹が空いている。思い出せば、昨夜は食事もしていないのだ。きっと砥上もそうだろうし、朝食をしっかり準備しなければと思ったのだが、これでは起きられない。

――身体もまだ力が入らないし、後少しだけ。

そう思いながら、力を抜いてすり寄った。

砥上の腕の中にいられるこんな幸せな権利を、これまでの恋人たちはどうして手放そうと思えたのか、わからない。いや、手放したくなかったから、結婚を焦って拗(こじ)れたのだろうか。

だとしたら、やはり彼は罪な人なのだと思う。だけど、悠梨は知っている。これまでの女性たちとの結末を知っているから、悠梨なら言い出さずにいられる。

うつらうつらと、そんなことを考えながらまた目を閉じた。

ふたたび目を覚ましたとき、悠梨はスマートフォンの時計表示を見て一瞬で秘書モードに切り替わった。

「社長！　起きてください！　ひゃあ！」

がばっと上掛けを撥(は)ねのけて、ふたりとも素っ裸だったことに気が付き、すぐさまふたたび潜り込む。

悠梨の素(す)っ頓狂(とんきょう)な悲鳴に、さすがの砥上も目を覚ました。

「……ああ、まずいな」

がしがしと頭を掻きながら、ぼんやりとしてそう呟き、軽く伸びをしたあとさっさとベッドから出て立ち上がる。

そう、素っ裸で、だ。どこを見ていいやらわからず、悠梨は上掛けに包まりひたすら床を見ていた。

「シャワーを浴びてくる」

「はい……あ、あの。私も後でお借りしてもよろしいですか」

本当なら一度家に帰るべきなのだろうが、時間がない。そんな悠長なことをしていたら、出勤時間に間に合わなくなってしまう。

「それは構わないが……身体は大丈夫か？」

「大丈夫です。問題ないです」

足の間がヒリヒリするが、そんな恥ずかしいことは言えない。

頑なに床を見つめているとクローゼットを開けるような音がした。しばらくすると、ばさりと音がして、悠梨が包まっている上掛けのさらに上に、バスローブがかけられた。顔を上げると砥上も同じバスローブを羽織っており、悠梨の顔を覗き込む。

「本当に？　辛かったら今日は休んでいたらいい」

頬に触れて、親指で肌を撫でる。本当に心配しているのだろう。顔色を確かめるような仕草に、悠梨は嬉しくなってほんのりと頬を染める。

「平気です、本当に」

そう言うと、砥上はほっとしたように笑って腰を屈め、軽く唇を重ねた。

「じゃあもうしばらくだけゆっくりしててくれ」

そう言い残して、砥上は寝室を出ていった。

「本当に、大丈夫なのに」

心配してもらえるのはとても嬉しい。けれど、少し過保護ではないだろうか。確かに身体は軋むしあちこち筋肉痛のようだし、辛いことは辛いけれど我慢できないほどじゃない。

上掛けから出て、砥上が被せてくれたバスローブを羽織る。小柄な悠梨には大きすぎて、立てば足元まですっぽり隠れてしまいそうだ。女物じゃないことに、少しだけほっとした。

そんなことより、もう時間がない。朝食の準備なんてとても間に合わないが、それは出勤してから調達するしかない。せめて目覚ましのコーヒーだけでも淹れなければと、ベッドから立ち上がる。

途端、膝の力が抜けてへにゃへにゃと床の上にへたり込んでしまった。

「あ、あれ？」

足にまったく力が入らない。ベッドに捕まりもう一度立とうとしても、がくがくと膝が震えてしまう上に、動けば下腹部がずきずきと痛んだ。

「ど、どうしよう」

これは、一日立って仕事するのは辛いかもしれない。今日は、悠梨が同行しなければいけないような仕事の予定はないのが幸いだった。事務処理や応対だけならどうにかなる。

が、とにかくオフィスまでたどり着かないことにはどうにもならない。

下腹部の痛みが治まるまで待って、それから寝室を見回した。夕べ脱がされた悠梨の服は、クローゼットの扉近くにハンガーにかけてあった。スカートの着替えはないが、ブラウスなら会社に行けば個人ロッカーに入れてある。

ともかく、まずはシャワーを浴びてから、その前にコーヒーを淹れてから、だ。まさか自分の身体がこんな風になっているとは思わなかったから、さっきは立てなかっただけで、気合いを入れればどうにかなる。

ベッドに手を突いて立ち上がり、後は壁伝いにゆっくり歩き、寝室のドアまでたどり着く。意識して足に力を入れれば、立てないことはないのだ。ただちょっと、まだ中に何かがあるような変な感覚があって歩きづらいだけ。

自然、いつもより小さい歩幅で不格好な歩き方になるが、リビングまでたどり着きいつもの調子でコーヒーメーカーのセットをする。

砥上がシャワーを終えて浴室を出たらしい。廊下の方からドアを開け閉めする音が聞こえた。いつもなら、身だしなみを整えぴしっとスーツを着てからリビングに来るはずなのだが、なぜかすぐさま、スタスタと早歩きの足音がした。

「すみません、今、まだコーヒーが」

「まだ休んでいろと言ったのに」

悠梨の言葉を途中で遮って、まっすぐキッチンまで入ってきた砥上は、まだ髪は濡れていてバスローブのままだ。悠梨の腰に手を回してダイニングの椅子まで誘導すると、そこに座らせる。

「あ、でも、まだコーヒーを淹れてるところで」

「いいから座っていろ」

念押しをされて、仕方なく浮かしかけていた腰を椅子に落ち着けた。しかし、自分の代わりにキッチンでコーヒーカップを用意する砥上を見ていると、やはりいたたまれない。

砥上にそんなことをさせるなんて、と思ってしまう。

「言っとくが、俺にだってコーヒーくらいは淹れられるからな」

ことん、と悠梨の前に置かれたコーヒーカップは、水族館で買ったお揃いのものだった。こんな形で同じ朝を迎えて、同じカップを使うことがなんだかとても照れくさく感じ、悠梨は小さく「ありがとうございます」と言ってそそくさと口を付ける。

そして、いつもはテーブルを挟んで向かいに座る砥上が、悠梨の隣の椅子に座った。

「やっぱり、今日は休んでも構わないが」

「心配しすぎです。それより、朝食の準備ができなくて……後でビル内のパン屋でサンドイッチを」

どうしても、朝食も取らずに仕事に向かわせるのが気になって、仕方がないのだ。しかしまたしても、砥上は呆れたように口を開け、それから噴き出した。

「お前は、俺の母親になりたいのか？」

くっくっと肩を揺らして笑っている。確かに、秘書としての業務を逸脱していた自覚はあるが、朝食だけはと気を配ってこれまでやってきた、もう習慣みたいなものだ。

「そうではないですが、でも」

そうなってしまった一端は間違いなく砥上にあると悠梨は思うのだ。だから、そう笑われるのは納得がいかない。

「でもじゃない。俺は子供じゃないんだから」

「でも、いい大人は朝、秘書に起こしに来てもらったりはしないかと」

ぽろっとそう言ってしまうと、砥上はぐっと顔を顰(しか)めて言葉に詰まってしまった。

「……まあ、そうだな。俺がいつも面倒をかけているのはわかっているが」

「いえ、私が勝手にやってきたことなので……」

あんまりにも砥上ががっくりと肩を落としたので、ついストレートに言い過ぎたかと一応フォローを入れた。悠梨の判断でやってきたのは確かだ。

誰だって完璧なわけではない。多少手のかかる子供のようなところがあっても構わないのだ。ただ、砥上が社長として誰の目から見ても、どの角度から見ても完璧になれるように。それをフォローするのが悠梨の仕事だと思っているから。

「まあ、とにかく……こんな日くらい、俺の世話のことばかり考えないで休んでいろということだ。丸一日が気になるなら、遅れて来てくれてもいい」

秘書に向けてではなく、悠梨自身を見て優しくされているような気がして、面映(おもは)ゆくなり答えに困った。いいのだろうか。素直に甘えてしまいたい気持ちにもなる。いや、しかし、社長の砥上を支えてきた秘書としての仕事は、悠梨の誇りだ。大丈夫ですから、ともう一度言おうとしたが、それより先に砥上が続けた。

「いや、やっぱり休んだ方がいい。服も昨日のままということになるし」

「あ、ブラウスだけなら予備がありますし、誰も私の服まで気に留めはしないと思うので大丈夫で……」

「他の社員の目に留まって詮索されても困るからな。社内で知られるのはまずい」

砥上の言葉に、はっとなる。大丈夫だろうと安易に思ってしまったが、確かに慎重になるべきだ。

「それは、そうですね。すみません」

「悠梨が謝ることじゃない。強引なことをしたのは俺だ」

砥上の手が悠梨の頭を引き寄せる。落ち込む悠梨のこめかみと額にキスをして、頭を撫でた。

砥上はその後、悠梨をふたたびベッドまで連れて行くと、スーツに着替えていつものように隙のない装いで部屋を出た。この部屋に、ひとり残されるのは初めてだ。ましてや昨夜愛されたベッドの上でなど、落ち着いて眠れるわけもない。

けれど、他の社員に勘繰られるのは困るから休んでいろと言われては、今から出勤するわけにもいかなかった。

――私たちは、知られちゃいけないんだ。

思い出すのは、夕べの出来事だ。

たくさん、もらった言葉。

欲しいと言われた。悠梨の魅力がわからない男のことなど忘れたらいいと言われた。そのままの悠梨でいい、とも。それは、砥上は悠梨に魅力があると思ってくれているということだろうか。

情熱的に求められた。それが嬉しくて、砥上の目に自分がちゃんと女性として映るのだということが嬉しくて、他のことは考えないようにした。駆け引きもわからない。ただ、砥上が軽い気持ちで自分の秘書に手を出すとは思えず、それを信じたいと、無意識に頭の中で判断したのかもしれない。

けれど、どれだけ思い出してみても、自分たちの関係を変える決定的な言葉は見つからなかった。これまで誰とも付き合ったことがない悠梨には、こんな風に始まる付き合いが普通なのかどうかもわからない。

——でも、知られちゃいけない関係。

不安を吐き出すように、大きく深呼吸をした。

今すぐに、はっきりとした言葉はもらえなくても、以前よりはちゃんと前に進めている。もとより、これでダメなら諦めるつもりで踏み込んだことなのだから、後悔することなど何もないのだ。

それが本音なのか、それともただ言い聞かせているだけなのか、自分にももうわからなかった。

朝食は動けるようならトーストでも食べていてくれと砥上に言われていたが、身体がきつい上に食欲もなくなってしまった。結局何も食べないまま少しだけ休ませてもらい、自宅に戻った。

自分の家で横になり、ふわりといつもの香りのベッドにホッと力を抜く。

それと同時に感じた寂しさに、何とも言えない焦燥感を抱いてしまい、固く目を閉じた。自分のベッドでは砥上の香りがない、だから寂しいのだと気付いてしまったから。
たった一夜だ。抱かれて同じベッドで眠っただけだというのに、もう砥上の香りに慣らされている。

「……私、大丈夫かな」

恋で仕事に支障が出てしまうのはダメだ。明日からちゃんと、秘書の仕事を熟(こな)さなければ。これまで以上に、もっと完璧に熟(こな)さなければいけない。

今日みたいなことは、ないようにしなければ。

休んでしまったことを後悔しながらも、今日は休ませてもらえて正解だったと感じる。ベッドに突っ伏しているうちに、日ごろの疲れも溜まっていたのか、ぐっすりと眠ってしまっていた。

さすがにお腹が空いた。目が覚めて最初にそのことに気が付いて、窓の外を見てもう暗くなっていることに驚いた。こんなに一日ぐうたらしたのは久しぶりだ。

大きく伸びをしてベッドから立ち上がり、スマートフォンを手にキッチンに向かう。何か簡単なものでも作ろうか、それとも買い置きのレトルト食品に頼ろうか。考えながら、コーヒーメーカーのスイッチを入れカップをセッティングする。

コーヒーができ上がるまでの十数秒、スマートフォンのチェックをしようとして、砥上からのメッセージが入っていることに気が付いた。

もしかして、仕事で何かあった?

普段、秘書などいなくても自分の仕事の内容をちゃんと把握している砥上だ。もちろんスケジュールの管理や仕事の整理などもするが、悠梨の仕事はどちらかといえば、契約に直接関係はないが取引先との人間関係の繋ぎが主になっている。だから、今日一日程度はそれほど問題ないだろうと、甘えさせてもらったのだが。

慌ててメッセージを確認する。

『帰ったのか？』

メッセージを読んで、首を傾げる。これだけでは、仕事で何かあったのかどうかわからないが、どうして悠梨が帰ったことに気が付いたのだろう。

メッセージの受信時刻は昼頃になっている。悠梨が、砥上の部屋を出て少し経ってからだった。すぐにアドレス帳から砥上の番号を見つけ発信する。呼び出し音が鳴って、三回目くらいで繋がった。

『悠梨？』

社長、と声に出そうとしていて、それより先に下の名前を呼ばれてしまい、返事が遅れてしまう。

仕事のことで連絡してきたのではないのだろうか？

「あの、すみません。メッセージいただいてたのに、気付いたのが今で」

『ああ、昼に様子を見に行ったら、もういなかったから。休んでいろと言っただろう』

まさか、昼にわざわざ部屋に戻ってきてくれるつもりだったとは、思いもしなかったのだ。

「す、すみません……」

通話口の向こうから砥上の息遣いが聞こえるが、何も言わない。悠梨が何か言うべきなのだろうかと思ったが、それよりも彼の周囲の雑音の方に気が取られた。風の音に、足音。

「あの、もしかして今、外ですか？」

時間的には、仕事が終わった直後くらいだろうか。今日は特に会食などの予定もなく、業務が滞りなく終わっていれば早く帰って休める日だ。

『ああ、まあ。外、というか』

「昨日もあまり休まれていないんですから、早く帰ってゆっくりしてください」

そう言ったと同時に、インターフォンの音が鳴った。そのことで、なんとなくピンと来てしまう。

「……一矢さん？」

『ゆっくり、させてもらってもいいか？』

悪戯な砥上の声が、スマートフォンとインターフォンの両方から聞こえた。

この部屋に砥上を迎え入れるのは初めてだ。もちろん、男性を入れるのも。

ダイニングテーブルの上にずらりと並ぶのは、砥上が買ってきてくれたテイクアウトのお料理だ。メインのハンバーグとから揚げにサラダ、スープにご飯まで一通りそろっている。

「昨日は食事も取らずだったからな」

食事も取らずに何をしていたか、ということを悠梨はつい思い出してしまい、顔を真っ赤に染めて言葉に詰まった。

「昼食を届けに行ったらもういなかったから、心配した」

砥上は、そう言いながら優しく悠梨の頭を撫でる。砥上は何か言いたげな、複雑な表情を浮かべているが、悠梨にはその意味がわからなかった。

せめて、書き置きくらいしていくべきだったのかもしれない。まさか、昼に砥上がわざわざ戻ってきてくれるなど思いもしなかったのだ。

「……すみません、ご心配をおかけして」

「いや。元気そうでよかった。ほら、温かいうちに食べろ」

「一矢さんももちろん食べるんですよね？　確かにすごくお腹は空いてますけど、いくらなんでも食べきれませんよ」

ずらりと並んだカロリーの高そうなお惣菜たちに、苦笑いをしてこてんと首を傾げ、ついていた割りばしを彼に向かって差し出した。


ふたりで料理を食べ終えた後ぐらいからだろうか。砥上が酷く熱を孕んだ瞳で悠梨を見つめているのには気付いていたのだ。食べたものの後片付けを終えると案の定、ソファで砥上に抱きすくめられた。

「あの、『社長』？　今日はもう……っ」

砥上はどうやら、悠梨の弱点を耳だと結論付けたらしい。うしろから膝の上に抱きかかえられ、片腕で頭を包み固定すると耳の裏に唇を当てられる。熱い吐息に劣情を煽られるも、拘束されているようなこの状態では身を捩ることもままならない。

「……そうだな。昨日の痛みもあるだろうから……今日は何もしない。ゆっくり休め」

気遣ってくれるつもりはあるらしい。しかし、その声は酷く苦しげで、悠梨の胸がきゅうんと苦しく締め付けられる。

許してしまいたくなる。そんな悠梨の隙を的確に砥上は察知するのか、耳に当てたままだった唇から舌を出し、ぬるぬると耳全体を舐め上げた。

「ふっ……あんっ……」

びくびくと身体が跳ねるのを、抱え込んだ砥上の腕に押さえられる。首を傾げて砥上の愛撫から逃げようとするのを咎めるように、きつく首筋を吸い上げられた。

「んんんっ……」

耳の下あたりにちりちりとした痛みを感じ、痕を残されたのだと気付く。絡みつく砥上の腕を、ぎゅっと握った。

「悠梨」

「ふあ……」

片手が顎に添えられて、やんわりと振り仰がされると、上から被さるように唇を合わせられる。難なく口内に滑り込んだ砥上の舌は熱い。舌を絡めしゃぶりつくされ、流し込まれた唾液を呑み込むとまるで媚薬のように身体の芯が熱くなった。

キスに夢中になっている間に、スカートの裾を乱し太腿を撫で上げたもう片方の手が、あっという間に下着の中にまで入り込む。

ぐちゅり。

「やあっ」

まだ、何もされてもいなかった。耳と首筋への愛撫とキスだけなのに、恥ずかしいほどに濡れていて、羞恥心で目が潤む。

「やだ、今日は、もう、本当にっ……」

本当に身体は限界だ。それなのにこんなに濡れていてはあまりにも説得力がなくて、泣きそうになってくる。

いやいやと頭を振った悠梨に砥上は頬を摺り寄せ、「しー……」と悠梨を宥めた。

「今夜はしないから、泣くな」

「うっ……ふうっ……」

「ただ、悠梨を気持ちよくさせてやりたい」

眦に滲んだ涙をキスで舐め取り、また砥上は唇にキスを落とす。くち、くちゅ、と立てた水音はどこからのものだろうか。

昨夜の名残でまだヒリヒリとする蜜口には、あまり触れないように気遣ってくれているのがわかった。そっと襞の内側を往復して指を濡らして、花芯に塗り込める。

「ん……、ん、んんっ」

悠梨が喘ぎ声を呑み込むのを聞きながら、砥上は指でじっくりと花芯を撫で続けている。時折ぷるぷると指の腹で弾いて、その都度震える悠梨の身体を楽しんでいるようだった。

「んんっ、んんっんんん――っ……！」

昨日散々啼かされたはずの身体なのに、いや、だからこそなのか、あまりにあっけなく悠梨は達して、砥上の腕の中で背筋を反らして痙攣する。

「ぷは、んあああっ」

キスが逸れて大きく息を吸い込んだ。砥上の指の動きがゆっくりとなり、名残惜しむように一度襞を撫でまわして下着の中から引き抜かれる。

「あ、んっ……」

「悠梨……お前が可愛くてしょうがない」

名残で小さな痙攣を繰り返す悠梨を、砥上は腕の中に閉じ込めるようにして強く抱きしめ、首筋に顔を埋めた。

感じ入るような砥上の吐息が、悠梨を心から求めてくれているようで、嬉しい。

本当なら、砥上が悠梨をどう思って抱いたのか、聞くのが一番だとわかっていた。けれどそれでもしも、悠梨が願うような言葉を聞けなかったら、そうしたらこの時間はもうなくなってしまう。

――クリスマスに、ちゃんと聞くの。そうして自分の気持ちも伝えるの。だから今は、このままで。

縋るように、砥上の背に手を回した。

今年のクリスマス・イブは、金曜日だ。それまでの二週間は、年末前の挨拶回りや会食、取引先のパーティなどが続く。毎年のことだが、十二月は社交面で忙しくなる。

土日も休日返上で出席しなければならない会食があり、砥上と取れる『疑似恋愛』の時間は短くなった。

クリスマスまで二回あった土日も、あまりゆっくりとはできず、悠梨も砥上に身体を休めることを優先してほしくて部屋に一緒に行くことはしなかった。

行ってしまえば、砥上の腕に絡め取られることはわかりきっていたし、この忙しい時期に砥上の時間を奪ってしまうことはしたくない。

しかし、そんな悠梨の心を知らずに、なぜか隙さえあれば悠梨との時間を取りたがるのが砥上だった。

クリスマスを週末に控えた、月曜日。

「悠梨……今夜は？」

仕事を終え、彼を送り出してから悠梨も退勤しようとしていたが、それより先に、砥上の執務室に引っ張り込まれた。

「ダメです、今夜は、人と」

会う約束があるから、と言い出す前に、聞きたくないとばかりに唇をキスで塞がれる。腰をがっちりと抱かれて口内をねっとりと嬲（なぶ）られて、以前ならまた足が立たなくなるところだけれど、さすがにキスには少々慣れて快楽の逃し方もわかってきた。

力が抜け砥上の上半身にしがみつきながらも、ぐっと下半身に力を込めて足を踏ん張る。顔を逸らしてキスから逃れると砥上が不服そうな声を上げた。

「忙しいから休めと俺には言うくせに、誰と会うんだ」

「貝原さんです。先日やっと、都合が合うことになって」

貝原と砥上が、電話やメールでやりとりをしていることは知っている。最近、また直接会ったらしいことも。砥上がまったく隠そうとしないからわかったのだが。

その貝原に会うと聞いて、砥上がどんな反応をするのか気になって、じっと表情を窺う。彼はぎゅっと寄せていた眉根を和らげて、なぜか少しほっとしたように見えた。

「そうか。なら仕方がないな」

そう言いつつも、名残惜しそうに瞼や頬に口づける砥上を見ていると、少しは思われているのかと安心する。けれど砥上が貝原と今も会っている理由がどうしても気になってしまう。それとなく聞こうとしても、いつもはぐらかされるばかりだった。

「悠梨に会いたがっていたからな、今夜は貝原に譲ろう」

「……私は社長のものではないんですけど」

複雑な感情を抱えて出た言葉は、少し拗ねたような口調になってしまう。砥上は返事の代わりに唇に軽くキスをして、悠梨の身体を解放した。

砥上と貝原がどうして何度も会っているのか。その疑問は、貝原の口からあっさりと聞くことができてしまった。

「……離婚⁉　するんですか⁉」

「そ。で、砥上社長に頼んで勤め先をね、お世話してもらったのよ」

貝原との待ち合わせは個室のあるイタリアンの店で、ワインやカクテルなどアルコールの種類の豊富なところだった。こぢんまりとした個室だが、アンティーク調のテーブルセットが中央に置かれたお洒落な部屋だ。丸テーブルの上には、すでにトマトとクリームチーズの盛り合わせや、チーズソースのペンネ、魚介類のマリネなど一品料理が並んでいる。

白ワインのボトルがひとつ、ワイングラスがそれぞれひとつ。ワインの味は悠梨に合わせて、少し甘めのものを頼んでくれた。

食事とワインを楽しみながら、今回の帰国の理由をそれとなく聞いてみたら、あっさりと離婚の予定とその準備のために砥上を頼ったのだと貝原は話してくれた。

砥上がはぐらかしていたわけが、よくわかった。個人的な事情を誰にでもぼろぼろと喋る人ではない。

それに、貝原と悠梨が会えばそのうちわかることだから、敢えて言わなかったのだろう。変に勘繰ってしまった自分が恥ずかしい。

「それにしても、離婚なんて……小さい娘さんもいるのに大丈夫ですか？」

「その娘のためにね。ちょっとでも、条件のいい仕事に就きたかったのよ。今時バツイチくらい珍しいことでもないでしょう？」

それは、その通りだ。けれどまさか、貝原がそうなるとはまったく予想していなかった。悠梨から見て憧れの女性だ。子供ひとり産んでも彼女のスタイルはまったく崩れていないように見えるし、逆に少し痩せたくらいじゃないだろうか。

もとより顔立ちも美しい人だったが、ほっそりとした頬が以前よりも少し儚げに見せていて、同性から見ても、つい守りたくなるような雰囲気を漂わせている。

砥上が、そんな貝原の見た目に惹かれて助けたのだとは思わない。砥上ならきっと、そんなことは無関係に貝原の助けになったはずだ。

それでも、ちくちくと胸を刺し続ける痛みがある。これは嫉妬だとわかっているけれど……もしも、砥上が貝原に惹かれてしまったらと、心のどこかで恐れている自分がいた。

貝原が浮かべる微笑も、自分とは違ってとても艶かしい。

「砥上社長には、本当に感謝しているの。昔の社員のことなんて知らないと言えばそれまでなのにね」

ほう、とため息を吐きワイングラスを見つめる姿は、何かを思い悩んでいるように見えた。

ずきん、と痛みが大きくなる。

もしかして、彼女も砥上に惹かれているのではないか。それを確かめようにも言葉が出ず、数秒の沈黙が続いた。

「ごめんなさいね、朝羽さんにこんな話を聞かせてしまって。これから恋をして結婚しようって年代の女の子に離婚の話なんて、夢が壊れちゃうわよね」

貝原が気を取り直したように明るく笑う。

「別にそんなことで壊れたりしないです」

悠梨も小さく笑って、頭を振った。

「そーお？　ならいいけど……砥上社長の秘書なんてやってると、恋愛している暇もないわよねえ」

なんだか探る口調のような気がした。これまでの悠梨ならその通りだと同調して誤魔化すところだが。

「……恋くらいは、しています」

なんと言おうか迷って、結局は口にした。すると、正面で「えっ」と貝原が驚いたような声を上げる。

「あ！　それって、こないだ言ってたデートの相手？　なんだ、やっぱり好きな人なんじゃないのー！」

そういえばデートの行き先のことで貝原に相談したときは、相手のことを『普通の人』とだけ言ってはぐらかしていたのだった。好きな人だとも言わず、ただ一緒に出掛けることになった相手だと説明していた。

「お相手は？　会社の人間？　それとも取引先かしら。砥上社長と一緒にいると、取引先の方が社内の男性社員よりも会話する機会があったりするわよね」

興味津々の様子で、目をキラキラさせて悠梨の方へ身を乗り出してくる。砥上が相手だとは、さすがに言い難い。何せ、『恋することなどありえない』と三年前に言い切った相手だったのだから。

「えっと……普通の、人です」

「またそれぇ!?」

えええ、と不服そうに貝原が顔を顰めた。それ以上は、説明できない。もしかしたら、恋敵になるかもしれないと思ってしまったから。悠梨がそれきり口を噤んで俯いてしまったものだから、貝原は何かを察したのか真剣な表情に変わる。それから優しい微笑みを浮かべた。

「どうしたの？　上手くいってないの？」

「そうですね……どうなんだろう、わからないんです」

距離は縮まっているはず。女として意識もされていなかったのを、振り向かせようとした作戦は成功したといえる。だけど、砥上の気持ちをちゃんと聞いていない。

悠梨は、相手が砥上だということだけは伏せて、恋人の真似事のようなことをしていること、抱きしめられたりキスをしたりする仲にはなっていることを説明した。

身体の関係のことは言葉を濁したが、貝原ならきっと察しているだろう。

「……その。『欲しい』とか『悠梨はそのままでいい』とか。大切に思ってくれているような言葉は、ちゃんとくれるんです」

「……うーん」

「え、こんなのは、気持ちのうちには入らない、ですか？」

貝原の表情があまり芳しくないので、元々ない自信がさらになくなってしまう。

「……そもそも、ベッドの中で言われる言葉を信頼できるのは、ちゃんと恋人になってからだと思うわよ」

ガンと衝撃を受けた。

確かに、その通りかもしれない。ちゃんとした関係も築けていないのに、ベッドの中での睦言(むつごと)を真に受ける方がいけないのか。

だけど、砥上はそんな人じゃないと思う自分もいるのだ。

下唇を噛みしめて考え込む悠梨のグラスに、貝原がワインを注ぐ。

「ちょっと、驚いちゃった。まさか朝羽さんが、そんな不確実な関係を持つなんて」

「……賭けだったんです。勢いもあったかな……でも、どうかしていますよね、こんなこと。相手の気持ちも確かめずに」

堅物、生真面目、仕事一辺倒。

それを見込まれて秘書になった悠梨だ。まさかそんなことになろうとは、貝原も予想してなかっただろう。

「まあね。意外だったし、浅はかだなとは思うけど……でも、それは一般論だからね」

「え？」

言われて、俯かせていた顔を上げた。貝原は、くすりと笑ってワイングラスを掲げる。

「その人が抱きしめてくれるときの温もりとか、表情とか。それを知っているのは、朝羽さんだけだから、私にだって、他の誰にだってわからないわ」

「あ……」

「感じられるのは、朝羽さんだけ。言葉で気持ちを確認するのもとても大事だけど、それだけでもないのよ？　って、これから離婚しようっていう私が言っても説得力がないかもしれないけれど」

貝原の言葉は、今、自分がずっと悩んでいることそのものだった。

明確な、自分たちの関係をはっきりとさせる言葉が欲しい。それも本当だ。だけど、それがもらえないからと不安になる自分を、いつも掬い上げて希望を与えてくれるのが、砥上が囁いた言葉だった。あるいは抱いてくれたときの余裕のない表情だったり優しい手だったり。

思い出すだけで、心が震える。身体が熱くなる。それを信じることも悪いことじゃないのだと背中を押されたような気がした。

「朝羽さんは、告白しないの？」

「……クリスマスに。玉砕覚悟で頑張るつもりです」

それは、貝原と話す前から決めていたことだけれど、不安が少しだけ和らいだ気がして、自然と口元に笑みが浮かぶ。

貝原は景気付けとばかりにグラスを合わせ、ひといきにワインを飲み干した。

クリスマスの夜に、砥上と話す時間をどうにかして作らなければならない。

幸いイブ当日は、会食の予定も入っていない。通常業務を終わらせれば、仕事は問題ない。問題なのは、その後砥上がプライベートで予定を入れていないかどうか、だ。

——どうしよう。それとなく、聞いてみる？

しかし、貝原と飲みに行ったその翌日くらいからだろうか。砥上の機嫌が、なぜかあまりよくなくて、非常に聞きにくい。それに、よくよく考えてみれば、イブのプライベートな予定を聞くなんてあまりに意味ありげじゃないだろうか。

考えた挙句、悠梨は秘書特権を行使することにした。といっても大したことではなく。砥上の仕事の終わり時間を微妙に調整して、ほんの五分程度でいいから時間を作ることにした。

考えてみれば、告白そのものにはそれほど時間はかからない。

——私が好きなのはあなたです。

これだけ言えればいいのだ。呼び止めて、踏ん切りさえつけば、十秒あったらこと足りる。返事を聞くなら三十秒か、一分か。その先のことはどうなるかわからないし、振られたらそこで終了ということなのだから、今考えるのはやめておこう。

そう結論が出た、木曜日。クリスマス・イブが翌日に迫っていたときだ。高柳から砥上宛てに電話がかかったが、またしても会議中だった。

『悪い、ごめんね。砥上の携帯にもメッセージは入れといたんだけど、早めに返事ちょうだいって言っといて』

「お返事ですか？　かしこまりました」

それだけ言えば伝わるのだろうか。そう納得して了承したのだが、通話口の向こうからさらに高柳の言葉が続いた。

『スイート、雰囲気違う部屋二室あるんだけどさ、どっちがいいかって。イブの夜にうちのホテルのスイート確保しておけなんて。やーらしー』

からかい口調でそう言われて、最初は意味がまったくわからず声が出なかった。けど、すぐに、理解したくないことを理解してしまう。

『じゃ、頼むね』

師走の忙しさは高柳の方も同じなのだろう。慌てた様子で電話を切り、呆然としてしまっていた悠梨も我に返った。

「か、かしこまりまし……た……」

そう言ったものの、すでに通話は切れてしまっている。ノロノロとした動作で、受話器を置いた。

「……誰と？」

高柳は砥上と悠梨の仲を勘繰っている。砥上が部屋の確保を頼んだ時点で、相手は悠梨だと思い込んで悠梨にも話したのだろう。

けれど、悠梨は何も聞いていない。むしろ、ここ数日の砥上の忙しさと機嫌の悪さであまり話もできていないのだ。

砥上は誰と、イブの夜を過ごすつもりなのだろう。

……まさか？

浮かんだ、貝原の顔を慌てて掻き消した。頭が真っ白になり、何も考えられなくなる。仕事の内容が頭に入ってこなくて、何度も自分で頬を打った。そんなことをしている真っ最中、会議を終えて戻ってきた砥上にばっちりと見られてしまった。

「何をやっている。眠いのか？」

「いえ。お帰りなさいませ、社長」

慌てて椅子から立ち上がって一礼する悠梨の前を、通過するのかと思いきや、彼は立ち止まった。

不思議に思いながら顔を上げるのと、砥上の手が悠梨の頬を撫でるのとがほぼ同時だった。

ここ数日、砥上の機嫌が悪くなってからだが、朝の時間ぐらいしかこんな風に触れ合うことをしていない。身体を繋げる少し前、疑似恋愛の最初の頃に戻ったような感じだった。

このところの砥上の様子はどこかおかしい。悠梨を見つめては苦し気に目を眇（すが）める。そんな風に見つめられると、悠梨はどうしたらいいのかわからなくなる。

「あの……社長？」

頬を撫でられながら、悠梨は小さく首を傾げる。

「なんだ？」

「高柳様からお電話で、メッセージを送ったから早めに返事が欲しいとのことでした」

「ああ、そうか。わかった、確認して返事をしておく」

それだけで、砥上には何の話なのかわかったようだ。やはり高柳にホテルのスイートルームを頼んだのは事実なのだと、きりりと胃が引き絞られるように痛んだ。

そして、そのことを高柳から悠梨が聞かされたことにはまったく気付いていない。

「あまり頬を虐めるなよ」

砥上が苦笑いをしながら、親指で悠梨の頬を摩る。そのすぐあとに手が離れていったことが、酷く寂しく感じた。

どうせ、ダメで元々だ。そう思っていたはずなのに、いざ女性の影が目の前をちらつくと身体が震える。決めたはずの覚悟が、ぽっきりと折れてしまいそうだった。

第十一章　私の好きな人、あなたの好きな人

クリスマス・イブ当日。朝からちらちらと雪が舞う寒い一日となった。仕事納めが近いこの時期は繁忙期だ。

砥上も悠梨が声をかける前に淡々と仕事を片付けていく。悠梨ももちろん、忙しい。というよりも、なぜか砥上からいつも以上に、次々に仕事を振られるのだ。午前中は大量の書類整理を頼まれ、執務室に籠り切りになり、午後からは砥上の外出に同行するように言われて一緒になって動き回る。いつもなら、秘書が必要のない軽い打ち合わせなどでは砥上は悠梨に内勤を頼んでいくことが多いのに、今日に限って振り回されっぱなしだった。

悠梨にとって、その方が都合はよかった。何せ、告白すると決めたクリスマス・イブは今夜なのだ。ちょっとでも暇があれば、余計なことを考えてしまいそうだった。

散々悩んだ。怖気付きもした。今夜、砥上が誰かと過ごすつもりなら、悠梨の告白など迷惑なだけだと思った。だけど、結局のところは、悠梨が自分の気持ちを言葉にしない限り、終わることすらできないのだ、悠梨自身が。

告白して振られてしまえば、その後悠梨が秘書を辞めると言い出しても砥上は不思議に思わないだろう。

それに、このままの関係を続けるのは、もう苦しい。嫉妬や執着でみっともない様を晒してしまう前に、ちゃんと自分の手で決着を付けようと決めた。

それにしても、だ。

「……め、目まぐるしい」

夕方になってようやく一通りの業務を終えた。一件の取引先訪問を終え、運転手のいる社用車の後部座席でやっと腰を落ち着けたとき、思わずつぶやいてしまった。

「なんなんですか、今日のこの忙しさは」

「予定外のこともいくつかあったからな、時間が押したな」

言いながら、砥上が悠梨の横で眉を顰めていた。予定外のこと……本当にそれだけだろうか？何か、わざと色々と仕事を与えられた気がする。おかげでスマートフォンを確認する暇さえなかったのだ。業務連絡が入るときは着信音でわかるように設定してあるから、問題はない。

スマートフォンを手に取り時間を確認すれば、夕方五時を少し回ったところだ。外がもうかなり暗くなってきているから、もっと遅い時間のように感じていたが、そうでもなかったようだ。

今日の仕事はこれで終わりだ。ということは、この後のことを考えなければいけない。

――なんて切り出そう。

ここでは、もちろん運転手に丸聞こえだし話せない。せめてどこかにお茶に誘うか、執務室に一度戻ったときにする？

考え始めると、ばくばくばくと心臓が忙しなく鼓動を打ち始める。緊張でどうにかなってしまいそうだ。

しかし、ちらりと砥上の横顔を窺うと、何か焦ったような、険しい表情をしていた。

「社長？　どうかなさったんですか？」

「いや、まずいな。時間がギリギリなんだ」

砥上の言葉に、悠梨は目を見開いた。

「え、まだ仕事がありましたか？　聞いていません」

「急遽入った」

「ええっ!?」

車の窓から外を見てみると、そういえば社に戻る道とは違うようだ。

「あの、どこに向かうのですか？　私はどうすれば」

「ついてくればいい。行けばわかる」

簡潔にそう言われたが、何ひとつ答えになっていない。

まだ、もう一件取引先かどこかに行って仕事を熟さなければならないのは、間違いないようだ。

告白のタイミングを考慮する時間を奪われ、なおかつ砥上の今夜の予定の心配までしてしまう。

誰かと会うのではないのだろうか。だから、今日はこんなに急いで仕事をしていたのかもしれない。

砥上の険しい横顔に、何も聞けないまま車は高速に乗り走り続け、着いた場所で悠梨はぽかんと呆けてしまった。

「……空港？　羽田？」

「悠梨、飛行機の時間がギリギリなんだ。急げ！」

「えええっ⁉」

なんで空港？　なんで飛行機？

一体何がどうなっているのやら、混乱しているうちに砥上に手首を掴まれ、引っ張られるようにして空港のロビーを早足で抜ける。

あれよあれよとすべて砥上主導で進み、自分がどこに行くのかようやく尋ねる隙ができたのは、飛行機に乗ってからだ。

「あの……社長」

ファーストクラスの座席はゆったりとしていて、座り心地は抜群だ。

「悪かったな、急がせて。食事は機内食で済ませようか。悪いな、もう少し時間がとれればディナーに連れていってやりたかったんだが」

隣に座る砥上は、ここ数日の不機嫌は一体何だったのだろうと思うくらいにご機嫌だった。

「いえ、忙しくてそれどころじゃなかったのに、この時間に飛行機に乗れたことの方が奇跡ですし。……ってそうではなくて、一体私はどこに連れていかれるんです？」

「聞いてなかったのか？　沖縄だ」

聞いていました、確かに。搭乗手続きのときの会話で『沖縄行き』という言葉は聞いたが、砥上が悠梨に教えてくれたわけではない。

「社長……一体、何が」

砥上がこれまで、こんな風に勝手に悠梨を振り回したことはない。……仕事の上では。

「悠梨」

「はい？」

「一矢、だ。仕事の時間はもう、終わってる」

甘い眼差しを向けられて、悠梨の胸がとくんと高鳴る。

つまり、今こうしているのは仕事でどこかに向かうのではないということ。

社長と秘書ではなく、一矢と悠梨でいていいということだ。

泣き出してしまいそうなほどに、嬉しい。今夜、砥上と一緒にいるのは悠梨だということなのだろうか。

「一矢さん……？　どうしてこんな？」

目を潤ませながら砥上を見ると、少しの切なさを滲ませた苦笑いで、悠梨に手を伸ばして頭を引き寄せる。

「着いたら、話そう」

シートの陰に隠れて、啄むような軽いキスをひとつ交わした。


那覇空港からタクシーに乗り、着いた場所はホテル東都グランデだった。ここのスイートルームは最上階にあり、リビングのフルオープンサッシから外に出ると、広々としたオープンテラスが広がっていた。

沖縄の冬は、東京と比べられないほど暖かい。海が近いせいか風があり、体感温度は若干下がるが、ジャケット一枚あれば十分だ。

「……すごい、綺麗……！」

砥上が悠梨の手を引いて、端へと導く。

手摺り近くまでくれば、目の前から頭上まで真っ暗な夜空が広がっていて、都会では見られない無数の星がちりばめられていた。

「クリスマスデートだ。プレゼントは何がいいか考えたんだが……これしか思い浮かばなかった」

真上の星空ばかり見上げてうっとりとしていると、そんな言葉と共に悠梨のこめかみに指が触れた。一日仕事をして、その後は空港で走らされて乱れたおくれ毛を、砥上が優しく耳にかけてくれた。

今日一日、めちゃくちゃ振り回された気はするのだが……こんな優しい仕草ひとつで許せてしまえそうになるのだから、これが惚れた弱みというやつだろうか。

「で、悠梨が見たがっていた南十字星はどれだ？」

星空を見上げながら砥上が言う。しかし悠梨は、申し訳ない思いでいっぱいだ。

「ええっと、ですね」

「ん？」

「多分、今は見えないですね……」

肩を竦(すく)めながらそう言う。砥上と南十字星の話をした時、そういえば悠梨は見られる地域のことを言っただけで、時期のことは言わなかった。悠梨自身、はっきりとは覚えていないのだが、星空を探してみても見当たらないことで、思い出した。

「今の時期だと、もしかしたら明け方くらいに見えるかも。だから、前の出張時も多分見えなかったんです……」

「なんだ、そうか。……詰めが甘いな俺も」

そう言いながらも、砥上の声はどこか楽しそうに聞こえて、星空から砥上に視線を下ろす。

「……でも、星が綺麗。特別なクリスマスを、ありがとうございます。けど、どうして？」

星空から砥上に視線を下ろす。

「嬉しいです。けど……どうして？」

砥上にとって悠梨とのことは、ただの疑似恋愛だったはずだ。こんなことをしてもらえるような関係ではなかった。

キスをした。肌を合わせた。そこに気持ちはあったと、信じてもいいのだろうか。

震える声で問いかけた悠梨と、砥上はこのところ見慣れた苦笑で距離を詰める。悠梨の首筋に手を添え、じっと見下ろして視線が絡まった。

「今日、好きな男に告白するつもりだったんだろう？　貝原から聞いた。だからその日は早く帰れるように協力してやってくれ、と」

確かに、貝原には決意表明としてそう言ったが、まさかそれが砥上に伝わっているとは思わなかった。

驚いて目を見開いた悠梨に、砥上はにやりと笑みを浮かべる。悪戯(いたずら)が成功したような、子供のような笑顔だった。

「邪魔してやった。誰がさせるか」

そう言った次の瞬間には、強く腕を引かれて抱き寄せられる。見上げた悠梨に覆い被さるように砥上の顔が伏せられ唇が重なった。

「んっ……」

驚きで開いたままだった唇に、舌がぬるりと入り込む。首の裏に砥上の腕が回り力を籠められて、喉がのけ反る。上から覆い被さるようにキスをされて、砥上の向こうに極上の夜空が見えた。

舌を撫で回され甘噛みされて、腰が砕けそうになる。悠梨を抱える手が、悪戯(いたずら)に耳を触って悠梨の官能を引き出そうとする。

「んふ、んん」

「悠梨……もう、俺のものになれ」

キスの合間に囁(ささや)かれた砥上の言葉に、大きく目を見開いた。間近で真っ黒なふたつの瞳が、まっすぐに悠梨を見つめている。唇を触れ合わせ、愛しげに擢り寄せられながら、悠梨は信じられない言葉を聞いた。

「悠梨……好きだ。誰にも渡さない」

逃がさないとでもいうように、大きな手が悠梨の首筋を掴んで支える。唇を割り、もう一度深く舌を絡ませては解き、悠梨の下唇をその唇で挟んだ。

「ずっと傍にいるものだと、思っていたんだ」

まるで熱に浮かされたうわごとのようだった。キスをしながらの告白に、じんと目頭が熱くなる。

――本当に？

これは、夢じゃないのだろうか。だって今日、彼に好きだと伝えるのは悠梨だったはずなのに。

「嘘……」

「嘘じゃない。どうして信じない？」

だって。悠梨は、ずっと、振り向いてもらうことばかりを考えて、砥上を追いかけるばかりだったのに。

じんと涙の気配を滲ませた目頭に、ぎゅっと力を籠める。それでも潤み始めて視界が歪んだ。混乱した頭でひっかかっていた言葉が浮かぶ。

そうだ、今日は悠梨ではない誰かとデートだったはずじゃないのか。

だけど、それももう、答えが出ていることなのだけれど、それでも砥上の口から聞きたかった。

「……今夜、誰かとデートの予定じゃなかったんですか？　高柳さんが、スイートルームの確保を頼まれたって、聞いて」

「来ているじゃないか。悠梨以外の誰と行くって言うんだ」

強く抱きすくめられたままでは、砥上の顔は見えない。だけど笑った気配がした。

本当のことだ。夢じゃない。

ぼろぼろと悠梨の両目から涙が零れる。ようやくこれは本当のことなのだと信じられた。悠梨は振り向いて砥上の首筋に両腕を絡め、抱き着いた。

「社長……一矢、さん」

囁くような声でそう言うと、砥上がふるりと身体を震わせる。悠梨の肩口に伏せていた顔を上げ、見つめ合った。

「ん……？」

「私、今日、告白するつもりだったんです」

「わかっている。させないがな」

くしゃりと顔を歪めて、砥上が大きく口を開けた。悠梨の唇に噛みついて塞ぐつもりだ。

それより先に、悠梨が言った。

「嫌です。ちゃんと聞いてください」

「聞かない」

「好きです、一矢さん」

は、と砥上の息が止まった。悠梨はぐすん、と涙の名残で鼻が鳴る。砥上は呆けたような表情で、固まってしまった。

「……一矢さん？」

呼びかけたが、混乱しているのかまだ反応がない。こんな砥上は珍しい。たっぷり十数秒後、砥上が発したのはさっきの悠梨と同じ言葉だ。

「……嘘だろう？」

ぷは、と泣き笑いの表情を浮かべた悠梨を、砥上はまだ呆然と見下ろしていた。

「嘘じゃありません。大体、砥上社長の傍に三年いて、あなた以上の人なんて見つかるわけないじゃないですか」

もうずっと前から、悠梨には砥上しか見えなかった。

絡めた腕に力を込めて、砥上に少し屈んでもらう。唇が掠める距離で見つめあってから、初めて悠梨から砥上に口づけた。

エピローグ

オープンテラスで気持ちを確かめ合い、長い時間星空とキスを堪能した後、スイートルームの寝室で、幾つかの事柄においてふたりで答え合わせをした。

広いキングサイズのベッドは、さすが贅沢な座り心地だ。

砥上は、悠梨の好きな男を高柳だと思い込んでいたという。途中から、悠梨の目を高柳から逸らさせようとしていたことを白状した。だからあんなにスキンシップ過多だったのかと、今ならばわかる。だが……

「どうして私が高柳様を好きってことになるんですか！　絶対ありえないじゃないですか！」

「そんなことわからないだろう！　悠梨が高柳といて顔を赤くしていたことがあったんだ。あんな顔をしておいて違うと言われても説得力がない」

ベッドの上に座り、ああだこうだと言い合いながら、砥上の手はしきりに悠梨の身体に触れる。すっかり遠慮がなくなった。いや、最初からその点においては遠慮などしていなかったかもしれない。

悠梨も、箍（たが）が外れたように砥上の身体に抱き着いた。恥ずかしがる余裕もない。ただ、唇でも、手でも腕でも身体中で絡み合ってでも、砥上と触れ合っていたかった。

絡みつく悠梨をあやしながら、服を脱がせていく砥上の手も急いている。

荒い息を混じりあわせながら、悠梨はぽつりと零した。

「……不安でした。一矢さんの目に留まったけれど、抱かれたけれど、好きになってもらえたのかどうか、わからなくて」

こうして気持ちを確かめた今だから、泣き言を言えるけれど、今思えば、浅慮だった。玉砕も覚悟の上で気持ちを確かめもせずに、初めてを捧げたのだから。

ただ、悠梨は、後悔していない。もしもダメだったとして、この先、また新しい恋をするかどうか、先のことなどわからない。それなら、忘れられないくらいに好きになった人に抱かれたかったし、抱かれたことも忘れたくなかった。

「悠梨……悪かった」

どこか切ない、掠れた声に呼ばれて、砥上のワイシャツに縋り付く。濡れた目尻に砥上のキスが触れた。

「好きだとは言わなかったかもしれないが、それに近いことは何度も言っただろう。お前が欲しいとか、可愛いとか、俺のものだとも言った」

「それはそうだけど……ベッドの中での言葉は、真に受けたらだめだって」

「誰の言葉だ、それは。俺はベッドでも本当のことしか言わない」

ブラウスのボタンをすべて外し終えた砥上が、今度は悠梨の頭を抱き寄せてアップにした髪を解き始める。砥上の肩に額を預け、彼に身を任せながら悠梨が言い返した。

「あと、あれも哀しいです。他の社員に知られたらマズいっていうのも……わかっているけど、ショックで」

ついでだ。甘えるなら今の内、とばかりに悠梨は心の不安を吐き出していく。しかしこれには、悠梨が考えもしなかった意図が砥上にはあったようだ。

「ああ、それは、しばらくは仕方ないな。バレたら悠梨を秘書から外さなきゃいけなくなりそうだからな。他の秘書は要らない」

「え？」

「恋人になったばかりなのに、仕事で離れるのは嫌だ。いずれ考えなければいけないにしても、秘書の朝羽も恋人の悠梨も俺には必要だ」

てっきり、他の社員に示しがつかないとか、砥上の立場的なことなのかと思っていた。けれど、どうやら違った。

「……そうだな、一年は秘密の恋を楽しもうか。結婚はその後でいいな」

「はい……っ」

砥上の秘書を続けながら付き合える、ということだ。そしてその後は……その後？

砥上が最後に付け足した重要なワードに、気付くのが遅れた。

首を傾げて固まった悠梨の背中から、砥上がお構いなしにブラウスをはぎ取りブラのホックを外す。

「砥上は高柳のところほど家系にうるさくないからな、心配しなくていい」

「いえ、ですから高柳様は関係ないですってば……え、結婚？」

砥上に乱されたままで、ぽかんと彼を見上げる。そんな悠梨を、砥上は甘ったるく微笑みを深めて見つめた。

「堂々と一緒に居るにはそれしかないだろう。いつまでも隠して悠梨に逃げられるのは困る。傍にいるのが当たり前になっていたからな。……そう思う相手に出会うことが、俺の結婚の条件だったのかもしれないいな」

胸が熱くなり心が満たされる。砥上の言う通り、悠梨だって譲れない。

「私も」

ベッドを軋ませて膝立ちになる。砥上に向かって両腕を差し伸べて、砥上の首筋に絡みついた。するると片腕が悠梨の腰に巻き付けられ、衣服の乱れた上半身がぴたりと寄り添った。

「社長の隣に並んで立つのが私じゃないなんて、たとえ秘書でも、今はまだ譲れません」

今まで砥上の隣に相応しく立てることを、それだけを想ってきたのだ。秘書としても……女としても。

一度掴んだなら、もう手放すなんてできない。

見つめ合い、ふたり同時に唇を開き、互いの舌に貪りつく。絡ませるうちに唾液が口内に溢れ、夢中になって飲み下した。砥上の手は背中からブラを掴み、はぎ取る。悠梨の腕が肩ひもに引っ張られて砥上の首筋から解けても、腰を抱く砥上の腕が悠梨の身体を離さなかった。

「あ……」

額を合わせながら俯くと、悠梨の白く小ぶりの胸に砥上の大きな手が触れるのが見える。高鳴る心臓の音が、その手のひらに伝わってしまいそうで、恥ずかしい。

けれど、砥上の手は遠慮なしに悠梨の胸の膨らみを包み、桃色に凝った先に人差し指を当てた。

「んっ……あ……」

ゆっくりと先端を擦る指の動きから、なぜだか目が離せない。顔が火照り、息が乱れる。

「可愛い色に染まったな」

「あんっ」

二本の指の腹で桃色の蕾を摘まれた。強弱をつけながら捏ねられて、余計にしこっていくのがわかる。砥上が背を丸めて顔を下げ、摘まんだ蕾に口づけた。

「や、や、んんんっ」

ちゅっちゅっと先端を啄んだあと、固く尖らせた舌先が上下に舐る。熱心に舐め続けられ、濡れて光ったその場所で、また指先が円を描き始める。濡れた蕾の上で、指先がぬるぬると滑り、なんとも言えない愉悦が広がった。

砥上の唇は、反対の胸に移動する。今度はぱくりと口の中に含み、じゅううっと音を立てて吸い上げた。

「ふあああんっ」

「ああ、両方、可愛らしく尖った」

満足気にそう言って、砥上は両方の胸を愛撫し続ける。

「や、あんま、触らないで……」

「どうして。気持ちよさそうだ」

気持ちいい。それは認めるのだが、本当はあまり、胸を砥上の目の前に晒していたくない。

理由を言わない悠梨に焦れた砥上が、きゅっと胸の蕾を捻る。

「あ！　あんっ！」

「悠梨？」

両方の胸をそれぞれ片手で包み、親指と人差し指で捻られる。唇は悠梨の返事を催促するように、首筋や耳を啄んだ。

「だ、だって……小さい……」

蚊の鳴くような小声でそれだけ言うと、唇を噛む。悠梨の身体は、細い。全体的に肉付きが薄く、胸も砥上の手の中にすっぽり隠れてしまうほどだ。決して豊満だとは言えない。

けれど砥上は、悠梨の答えをわかっていたかのように微笑んだ。

「俺は、好きだが」

「嘘、だって……」

だって、砥上の好きなタイプの女性は。

今、それを口にするのは卑屈だとわかっているので言わないが、豊かな胸の官能的なスタイルの女性ばかりだった。

しかしこればかりはどうしようもない。砥上の気を引く、色気のある女性になりたいと思っていたが、胸だけはどうしようもないのだ。

いたたまれなくなって、胸を弄り続ける砥上の両手を掴んだ。しかし、逆に手首を掴み返されて、そのままベッドへ押し倒された。

「隠すな」

「だってっ……」

「可愛いと言ってる」

砥上は胸の蕾の際に、音を立てて吸い付いた。柔い肉を甘く噛まれて、全身を震わせた悠梨の唇から、小さな喘ぎが漏れた。

「きめ細かくて肌が薄い。すぐに痕が残るし……敏感だ」

「あっ……また、あんっ」

悠梨の小さな白い膨らみに、執拗に赤い痕がいくつもいくつも散らされる。

蕾の周りや下側、なだらかな稜線の内側に満足するまでつけたあと、砥上は悠梨の身体に残っていたスカートとショーツもはぎ取って裸にしてしまう。見おろしながら、自分もワイシャツを脱ぎ捨てスラックスだけになると、両手でじっくりと悠梨の肌を撫でた。

「あ、あ……っ」

視線に晒されながら緩い愛撫を受けていると、はっきりとした快感ではないのになぜか頭の中がぼうっと熱くなってくる。大きな手が首筋から鎖骨、胸から腰へと身体を辿り、下腹に触れたときざわりと愉悦の波に襲われ、腰が揺れた。

「気持ちいいか？　悠梨」

その声にさえ、肌が粟立った。こくこくと頷くと、砥上の手が悠梨の背中に回り、ゆっくりと裏返す。うつぶせにされたかと思えば、うなじにちゅうと唇が触れた。

「あ、ふ」

それから、肌に触れるか触れないかの距離で、熱い吐息がうなじから背筋を辿って下りる。

「ああああ」

肩甲骨の間、背中、腰へと吐息に擽られて、背筋がしなった。腰をくねらせた時、足の間でくちゅりと濡れた蜜の音がする。

「や、ああん」

――嘘だ、まだ、一度も触れられていないのに。

砥上の唇が、お尻と腰の境い目に辿り着いてそこにまた口づけられる。それだけでなく、唇から覗く舌が、ぬるぬるとその場所を舐めた。

「あっ、やめ、ああっ、あああ」

そんな場所が敏感だとは、知らなかった。舐め続けられて擽ったく、身を捩ってベッドのシーツに縋り付く。自然と腰が浮き上がり、その内腿に砥上の手が入り込む。

「ひあああ」

手が前に回り込み、割れ目に触れた。背中から砥上に覆い被さられ、体温に包み込まれるも身動きが取れなくなる。

「悠梨？　一度イクか」

「ひんっ」

ちゅうと耳の裏にキスされた。割れ目をなぞった指がすぐに膨らんだ陰核を見つけ出す。指で擦られ、二本の指で挟まれ、捏（こ）ねられる。急に明確に与えられ始めた快感に、身体は階段を駆け上るように高められ。

「あああああっ！」

ぎゅっと下腹部が収縮した。砥上の身体に抑え込まれながらその下で、びくびくと痙攣（けいれん）を繰り返す。陰核を撫でる指が少し柔らかなものになり、それでも緩い刺激を与え続けながら、砥上はもう片方の手を濡れそぼる蜜口に潜らせた。

「ふあああああ」

ぐちゅりと淫靡（いんび）な音を立て、長い指がぐうっと奥まで差し込まれる。もう片手の指はまだ陰核を捕らえたまま、膨らんだ表面を丸く撫でて皮を剥く。つんと尖った花芽に触れて、悠梨は声にならない悲鳴を上げた。

下腹の奥が熱い。激しく膣壁を指で擦られ、室内に水音が響き続ける。促されるまま腰を持ち上げ、身体はもっともっとと強請（ねだ）るように勝手に揺れた。

ぱん、と光が弾けたようになって、頭の中が真っ白になる。さきほどよりも大きな快感の波に呑み込まれ、悠梨は一瞬意識を飛ばした。

じんじんと濡れた襞（ひだ）が熱を持って痺れている。腰が疼（うず）いて、ぴくんと下半身が反応した。いつのまにか砥上の手が離れて、ぴりりと何かを破る音がした。

　まだうつぶせのままの悠梨の背中は、じっとりと汗ばんでいる。それを大きな手で撫でられて、悠梨は身体を震わせて薄く目を開けた。

「悠梨……たまらないな」

「あっ……」

「色っぽいよ。俺の手で、こんなに艶(なまめ)かしく乱れてくれる」

　背中から覆い被さった砥上が、悠梨の耳元でそう囁(ささや)いた。蜜口に熱く硬い楔(くさび)が宛てがわれる。悠梨の胸を両手で掴み、ふっと熱い息を吐き出すとひと息に奥まで刺し貫いた。

「あああっ！　ああんっ」

　ずんずんと重い衝撃が奥を打つ。大きなストロークに身体が揺れて、目の奥にチカチカと星が飛んだ。

「ひっ、あっ、あっ」

　上に逃げる身体を、砥上の腕が許さずに抱え込む。急に後ろに引っ張られ上半身が浮き上がったかと思えば、胡坐(あぐら)をかいた砥上の上に足を開いて座らされていた。

　初めての姿勢に顔を俯かせれば、はしたなく大きく開いた自分の足と、貫かれぐちゃぐちゃと音を立てる秘所が目に入る。

「やあ、やだ、はずか、し、ああああ」

　自分の体重で、奥深くまで砥上の楔(くさび)が届いている。ぐるぐると腰を掴んで回され、膣内をかき混ぜられて、怖い程の熱が下腹部から広がり、怖いほどの愉悦を生んだ。悠梨の両手は、何かに縋ろうと宙を掻く。

仰け反った喉を、開きっぱなしの口から零れた唾液が伝った。

「ひああああ」

「悠梨っ……そんなに、強請るな」

悠梨の身体が砥上の熱を欲しがって、膣壁を収縮させ締め付ける。前に回った砥上の手が再び陰核を摘まみ、小刻みに揺らすと、膣壁が痙攣し、砥上の喉から苦し気な声が漏れた。

「くっ……ゆ、りっ……」

「ひ、あ！　ああああっ！」

砥上から与えられる、大きな快感の波に溺れて、流されて、意識が消えてしまいそうになる。怖い、と頭の隅で少しだけ考える。だけどもう、為す術もなかった。

天井を見上げて悠梨の身体が何度目かの果てを見る。同時に砥上の熱も弾け、悠梨の中で薄い被膜に白濁を吐き出した。

「悠梨……悠梨」

背中から砥上に上半身を抱えられたまま、ぴくぴくと小刻みの痙攣を繰り返す。砥上の腕は、優しくも強く、悠梨の身体を閉じ込めている。

目を閉じ、意識が遠ざかる寸前、悠梨の肩に口づけて肌を摺り寄せる、砥上の声を聞いた。

「……溺れそうだ」

手の届かない人だと思いながら、それでもどうにか捕まえたくて手を伸ばしたはずだった。それなのに、まるで砥上の抱擁に捕まり逃げ道を塞がれたような気にさせられる。

――あなたも一緒に、溺れてくれるなら。

絡み合って、熱に溺れてひとつに溶けて、甘い蜜の中に沈む。永遠にその中を揺蕩（たゆた）う夢を見た。

背中から強く抱きしめられて、うっすら目を開ける。大きな手に悠梨の手が持ち上げられ、薬指の付け根をぬるりと舌が這った。くすぐったい心地よさに、またゆっくりと意識が沈む。

「さっさと縛って、逃げられなくしてやる」

――やはり捕まったのは私の方なのだ。

夢現（ゆめうつつ）に聞こえた言葉に強い独占欲と執着を見つけ、ぞくりと肌が騒（ざわ）めく。なのになぜか安堵する自分がいる。再び目を閉じて、今度こそ意識を手放した。

男運が悪く、最近何かとついていない、カフェ店員の茉奈。そんな彼女の前に、大企業の取締役になった、幼馴染の彰が現れる。子供の頃、彼にはよくいじめられ、泣かされたもの。俺様ドSっぷりに大人の色気も加わった彰は、茉奈にやたらと執着してくる。さらには「お前を見てると泣かせたくなる」と、甘く強引に迫ってきて――？

B6判　定価：本体640円＋税　ISBN 978-4-434-26865-6

岩田凛子は紡績会社の経理部で働く二十八歳。無表情でクールな性格ゆえに、社内では「超合金」とあだ名されていた。そんな凛子に、新社長の慎之介が近づいてくる。明るく強引に凛子を口説き始める彼に動揺しつつも、凛子はいつしか惹かれていった。そんなおり、社内で横領事件が発生！　犯人と疑われているのは……凛子!?　「犯人捜しのために、社長は私に迫ったの…？」傷つく凛子に、慎之介は以前と変わらず全力で愛を囁き続けて……

B6判　定価：本体640円＋税　ISBN 978-4-434-27007-9

この作品に対する皆様のご意見・ご感想をお待ちしております。

おハガキ・お手紙は以下の宛先にお送りください。

【宛先】

〒150-6008 東京都渋谷区恵比寿 4-20-3 恵比寿ｶﾞｰﾃﾞﾝﾌﾟﾚｲｽﾀﾜｰ 8F
（株）アルファポリス　書籍感想係

メールフォームでのご意見・ご感想は右のＱＲコードから、
あるいは以下のワードで検索をかけてください。

アルファポリス　書籍の感想

ご感想はこちらから

社長と秘書の秘めたる執愛

砂原雑音（すなはら のいず）

2020年 2月 29日初版発行

編集－桐田千帆・宮田可南子
編集長－太田鉄平
発行者－梶本雄介
発行所－株式会社アルファポリス
〒150-6008 東京都渋谷区恵比寿4-20-3 恵比寿ｶﾞｰﾃﾞﾝﾌﾟﾚｲｽﾀﾜｰ8F
TEL 03-6277-1601（営業）　03-6277-1602（編集）
URL https://www.alphapolis.co.jp/
発売元－株式会社星雲社（共同出版社・流通責任出版社）
〒112-0005 東京都文京区水道1-3-30
TEL 03-3868-3275
装丁イラスト－サマミヤアカザ
装丁デザイン－AFTERGLOW
（レーベルフォーマットデザイン―ansyyqdesign）
印刷－図書印刷株式会社

価格はカバーに表示されてあります。

落丁乱丁の場合はアルファポリスまでご連絡ください。

送料は小社負担でお取り替えします。


ISBN978-4-434-27103-8 C0093